KB042597

마졸귀환록 8

초판 1쇄 인쇄일 2015년 3월 13일 | **초판 1쇄 발행일** 2015년 3월 16일

지은이 주작 | **펴낸이** 곽중열 | **담당편집 팀장** 이범수
편집부 신연제 이윤아 김호성 김은경

펴낸곳 (주)조은세상 | 출판등록 제 2002-23호
주소   경기도 연천군 미산면 청정로 1355
TEL 편집부 02)587-2966 | FAX 02)587-2922
e-mail bukdu@comics21c.co.kr

ⓒ주작 2014
ISBN 979-11-5512-980-7 | ISBN 979-11-5512-578-6(set) | 값 8,000원

마졸 귀환록

8

주작 판타지 장편소설

NEO FANTASY STORY

북두
(주)조은세상

CONTENTS

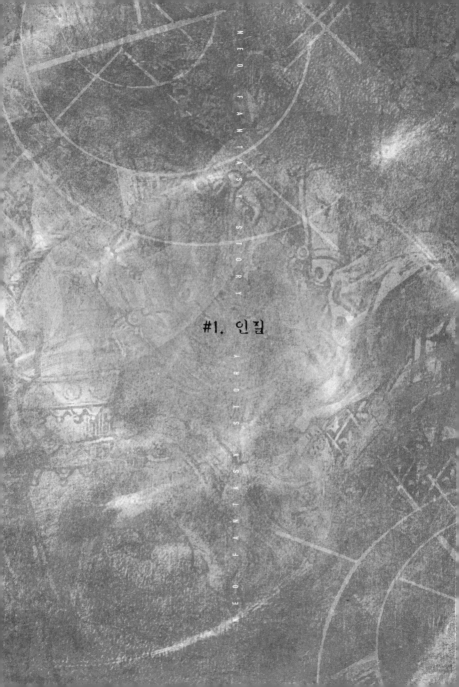

#1. 인질

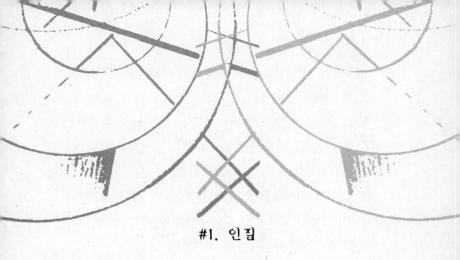

#1. 인질

　기숙사를 나섰을 때, 케빈을 기다리고 있던 건 검은 복면과 흑의로 전신을 감싼 의문의 무리들과 흑표 기사단의 전투장면이었다.

　그건 실로 치열한 전장이었다.

　두 무리 모두 뛰어난 실력자들로써, 하나같이 검 위에 두른 찬란한 광채가 그들의 수준을 짐작케 해 줬다.

　겉으로 보면 확실히 비슷한 대결이었다.

　'흑표 기사단이 밀린다!'

　하지만 케빈의 눈에는 그들 무리의 미묘한 차이가 잡혔다. 둘 다 명검이었으나, 한쪽은 날이 예리하게 서 있었고, 다른 한편은 한동안 방치한 듯 무딘 느낌이 있었다.

쉽게 말하자면, 실전의 차이, 경험의 차이가 비쳐졌다.

'진한… 피비린내…….'

흑의인의 검에 담긴 죽음의 향기가 예사롭지 않았다. 바로 전날까지도 피를 묻혔을 것 같은 날카로움이 담겨 있었다.

분명, 흑표 기사단도 뛰어난 실력자들인 건 확실했다. 하나같이 상당한 경험을 한 실전파인 것도 맞았다. 하지만 그 모든 게 과거의 일이라는 게 문제였다.

흑표 기사단에서 가장 최근에 실전을 경험한 이들을 찾으라고 해 봐도 3년은 더 전일 터였다.

'아카데미 졸업생들도 끼어있다는 걸로 봐서는… 치열한 실전 경험이 없는 이들도 상당하겠지.'

이런 차이가 두 무리간의 승패를 좌우할 게 분명했다.

물론, 케빈 역시도 실전 경험은 그리 많지가 않았다. 하지만 제튼을 통해 이런저런 실전 못지않은 경험들을 해왔고, 이 덕분에 남다른 감각과 시각을 소유할 수 있었다.

'시간 벌이는 할 수 있겠지만, 결국….'

흑표 기사단 패배할 것이고, 흑의인들은 기숙사에 침입하게 될 터였다.

그렇다면 저들을 도와야 할까?

'메리가 먼저!'

단 하나뿐인 핏줄로써, 워낙 어릴 때부터 그가 맡아서 키

마귀졸부8

워 온 까닭인지, 여동생이며 동시에 딸과 같은 아이였다.

물로 나이차가 얼마 나지도 않고, 중간에 제튼이 손을 내밀어 주면서, 여러모로 그의 부담이 덜 수 있었다고는 하나, 여전히 그 무엇보다 소중한 동생이었다.

때문에 저 전투에 가담할 수는 없었다.

'그 대신이라고 하기는 뭐하지만.'

케빈의 손이 그립에 닿는다고 여긴 순간, 검집이 짧게 흔들렸다. 눈에 보이지도 않는 쾌속한 발검!

파파파팟!

총 다섯 번의 칼질을 했고, 흑의인들 중 가장 뛰어나다 여기던 다섯이 휘청거리며 중심을 잃는 게 보였다.

그들은 하나같이 발목 어림에 치명적인 상처가 났을 것이다. 목을 노릴까도 싶었으나, 그의 존재를 굳이 알릴 생각은 없었기에 이 정도만 한 것이다.

게다가 목을 노리는 순간, 저들 역시도 방비할지도 모른다는 생각에, 의도적으로 감각의 지평선 가장 아랫부분을 공략한 것이기도 했다.

일순간에 생긴 빈틈에 흑표 기사단이 눈을 빛냈고, 이내 흑의인 다섯의 숨이 끊겼다.

갑작스런 비틀거림에 의문을 느꼈을 수도 있겠으나, 다급한 상황으로 인해, 이 부분에 대한 생각을 길게 할 수 없었다.

그들이 바로 다음 대적자에게 검을 겨누고 있을 때, 이미 케빈의 신형은 저 멀리 쏘아지고 있었다.

◈

한 무리의 수장으로써, 굳이 전방에 나서 전투를 치를 필요는 없었다.

하지만 거구사내는 일부러 앞에 나섰고, 의도적으로 자신의 실력을 내보였다.

'겨우 이것뿐이냐?'

확인하고 싶었기 때문이다.

'이게, 그 유명한 카이스테론의 전력이냐?'

가면사내가 말한 이곳의 위험성이 어느 정도인지, 새삼 확인하고 싶은 마음이었다.

물론, 이런 개인적인 욕심만이 전부는 아니었다. 그가 시선을 끌어들여 신경을 집중시킬수록, 수하들의 활동에 더욱 많은 자유가 생겨날 것이라는 이유 역시 존재했다.

콰아아앙!

전신을 빛으로 둘러싼 그가 재차 거구를 내던졌고, 거대한 폭발성과 함께 마지막 남은 흑표기사단의 저지선이 무너져 내렸다.

'끝인가.'

주변 가득 널려있는 기사들의 모습이 보였다. 익스퍼트 이상의 실력자들로 무려 오십이 넘는 숫자가 너부러져 있었다.

'과연!'

그를 뒤따르는 흑의인들의 머릿속으로 공통되게 떠오르는 단어였다.

"실망이군."

나직한 중얼거림과 함께 거구사내가 기숙사 방향으로 발을 뗐다. 하지만 채 몇 걸음 걷기도 전에 걸음을 멈추더니 눈을 빛내더니, 시선을 뒤로 돌리는 게 아닌가.

"호오!"

어느새 올라간 입 꼬리와 함께 그의 전신으로 다시금 빛무리가 차오르기 시작했다.

❖

여자기숙사는 'ㅁ'자 모양으로 완성되어 있는데, 외부로 향하는 통로는 총 여섯 군데였다.

각기 동서남북 네 개와 중앙의 두개 통로가 존재하는데, 그 중 동남쪽과 중앙 한 개 통로를 앞문, 나머지가 뒷문으로 구분되고는 했다.

메리와 동기생들은 이 중에서 남문을 통해 밖으로 나왔

는데, 방에서 가장 가까운 통로였기에 이곳으로 선택한 것이었다.

그렇게 외부로 나왔을 때, 가장 먼저 발견한 것은 엉망이 되어버린 기숙사 앞의 모습이었다.

특히, 정문 방향이 엉망으로 망가져 있었는데, 신기한 건 그 중앙에서 빛을 뿌리고 있는 존재였다.

'저건…?'

메리가 눈을 빛냈고, 나머지 세 소녀는 경악감을 감추지 못했다.

"오러?"

"설마… 아니겠지?"

"…별… 으음!"

단번에 경직되어버린 그녀들과 달리 메리는 입가에 미소를 그려내고 있었다.

'역시…'

아카데미에 도착하고 난 뒤에야 알았다.

익스퍼트 상급과 최상급 그리고 마스터!

케빈과 쿠너 그리고 제튼!

아루낙 마을에 있던 당시에는 몰랐던 진실과 마주하게 되었다.

그곳에 지낼 당시에는 제튼이 지방 제일의 실력자이다 보니, 그가 익스퍼트 상급이라고 하면 그냥 그런가 보다

했다.

솔직한 이야기로 익스퍼트 중급의 실력자도 드문 장소이다 보니, 더더욱 제튼의 이야기를 믿을 뿐이었다.

마을 바깥으로 나가는 일도 드문데다가, 기껏해야 스테일 남작령 정도나 구경가는 게 전부다 보니, 더더욱 시야가 좁을 수밖에 없었다.

하지만 이곳 제국의 명문이라는 카이스테론 아카데미에 들어오고, 다양한 실력자들을 마주하고 난 뒤에는 '진실'을 알게 되었다.

익스퍼트 상급? 최상급?

제튼의 능력은 그 이상이었다. 당장 그녀가 인지하는 케빈과 쿠너의 능력만 봐도 익스퍼트 상급을 한참이나 넘어서 있었다.

하물며 그들이 존중하는 제튼은 어떠하겠는가.

'날 속였어!'

부친이 생각이상으로 대단하다는 사실에, 그 너른 등판이 여전히 기댈 수 있는 든든한 버팀목이라는 사실에, 기뻐하는 한 편, 여태껏 그녀가 속아왔다는 부분에 살짝 화도 났다.

원래라면 그녀의 실력으로는 인지하기 어려운 감각의 영역이겠으나, 기이하게도 어릴 적부터 남다른 감각을 타고 난 덕분에 이런 부분을 쉬이 인지하고는 했다.

특히, 제튼에게 연공법을 배운 뒤, 이러한 감각은 더욱 극도로 발달되어서, 지닌바 감각 이상의 것들을 인지해내고는 했다.

'왜 그런지는 모르겠지만.'

어쨌든 분명한 건 이상감각을 지니고 있다는 점이었다. 그러한 감각은 그녀에게 다양한 정보를 제공했는데, 그 중 하나가 바로 저 멀리서 다가오는 존재에 대한 부분이었다.

'쿠너 오빠!'

너무도 익숙하고 그리운 이 순정한 기운이 그녀를 더욱 침착하게 만들어줬다.

이런 그녀의 태연한 모습 때문일까? 함께하던 세 소녀는 자연스레 그녀에게 바싹 붙고 있었다.

그도 그렇게,

"어… 어쩌지?"

"포위된 것 같은데."

"괜히… 나왔나?"

어느새 그녀들을 에워 쌓는 무리가 있던 까닭이었다. 검은 복면에 흑의까지, 한 눈에 봐도 의심스럽게 보이는 복장을 한 무리들이었다.

이런 상황이니 더더욱 메리의 태도에 기대고 싶어지는 걸지도 몰랐다.

하지만 그러면서도 검에 손을 올린 채, 언제든 전투에

임할 각오를 다지고 있다는 점이 인상적이었다. 확실히 방 안에서 떨기만 하던 모습과는 차이가 있어 보였다.

"걱정 마."

메리가 한 마디 던지며 그녀들을 돌아봤다. 그녀들은 안심시키기 위한 말이 아니라, 실제로 걱정할 이유가 없기 때문에 입에 올린 이야기였다.

"우와아아아아!"

저 멀리서 터져 나온 한 줄기 괴성이 쩌렁쩌렁하니 아카데미를 울렸다. 동시에 휘청거리는 흑의인들의 모습 역시 눈에 담겼다.

메리의 입가에 걸린 미소가 진해졌다.

'오빠!'

마치 한 줄기 화살이 쏘아진 듯, 저 멀리서 순식간에 확대되어 오는 그림자가 보였다.

❖

"부탁 좀 해도 되겠나."

브로이의 그 말에 쿠너는 흔쾌히 고개를 끄덕여줬고, 브로이는 안심하고 경로를 변경할 수 있었다.

안타깝게도 곳곳에서 사건이 진행 중이었고, 브로이는 교장과의 밀약을 통해 이런 부분을 통제해야만 하는 아카데미의 비밀 호위였다.

멀어지는 그의 모습을 잠시 바라보던 쿠너가 저 멀리 거대한 기운을 향해 기세를 쏘아 보냈다.

그러자 전투가 끝났다고 여겨지던 장소에서 재차 기운이 일어나는 게 느껴졌다. 그의 기세에 호응하고 있는 것이다.

두근!

심장이 뛰었다.

그와 같은 위치에 있는 상대와 전투를 치른다는 흥분감에 전신이 뜨겁게 달아올랐다. 하지만 뒤이어 이성을 일깨우는 감각을 전달받았다.

'메리?'

거대한 기세 한편으로 희미하게 비치는 익숙한 기운이 그의 표정을 굳혔다.

찰나간의 고민, 하지만 이내 실소하며 잡념을 털어낼 수 있었다.

"우와아아아아!"

쩌렁쩌렁한 외침을 들은 까닭이었다.

케빈!

여동생을 제 심장처럼 아끼는 오라비가 멀지않은 곳에서 다가들고 있기 때문이었다.

흐릿한 달빛으로 유난히 어두운 밤하늘이 묘하게 매력적인 까닭일까?

제튼은 그 어둠에 시선을 빼앗긴 채, 잠에 들지 못하고 있었다. 그리고 이런 그의 행동으로 인해, 옆에서 느껴져야 할 온기를 잃어버린 셀린이 침대를 뒤척이다 잠에서 깼다.

"무슨 생각을 그렇게 하고 있어요?"

자리에서 일어난 그녀가 곁으로 다가오며 그리 물었다. 이에 제튼의 그녀에게 시선을 보내며 답했다.

"그냥… 날씨 참 좋다 싶어서."

이에 셀린이 의아한 얼굴로 창밖을 바라봤다. 그믐인 것도 모자라 구름이 잔뜩 낀 듯, 별빛마저도 비치지 않아서 오로지 컴컴한 어둠만이 가득한 밤이었다. 확인할 날씨자체가 보이질 않았다.

"좋다고?"

고개를 갸웃거리는 셀린의 옆모습이 나이답지 않게 귀여웠다. 이에 잠시 실소한 제튼이 대뜸 그녀를 안아들더니 말했다.

"일 벌리기에 참 좋은 날씨잖아."

그러더니 휙 하니 침대에 던진다.

"꺅!"

짤막한 비명성이 새나왔다. 하지만 살짝 섞인 비음이 싫지만은 않다는 걸 주장하고 있었다.

❖

"확실히… 한바탕 하기 좋은 날이네."

카이든은 창밖을 올려다보며 그리 중얼거리다가, 이내 시선을 아래쪽으로 내렸다.

"정말로 선생님 말처럼 될 줄이야."

평소대로라면 이 시간에는 황궁에서 잠을 청하고 있어야 했다. 하지만 오늘은 웬일로 이곳 아카데미에 지정된 기숙사에서 잠을 청하고 있었는데, 이는 오르카가 던진 한마디 때문이었다.

〈사건은 이런 날 일어나지.〉

유난히 구름이 많았던 날씨, 거기에 자연스레 그믐달로 넘어가는 밤의 흐름까지. 확실히 그녀의 이야기처럼 사건이 발생하기에 딱 좋은 날이었고, 실제로 아카데미 내부는 난리가 난 상태였다.

콰앙!

저 멀러서 들려오는 폭음과 기세는 쉴 세 없이 그를 자극하고 있었다.

'선생님은 어떻게 이런 일이 벌어질 줄 알았을까?'

돼지 고양이!

오르카의 정보원을 떠올려봤다. 아마도 그의 정보력으로 얻어냈을 거라고 여겨졌다.

황궁의 분위기로 봐서는 까마귀들도 알아채지 못한 정보 같았다. 새삼 돼지 고양이의 능력에 감탄이 나왔다.

"그나저나…."

카이든이 주변을 돌아봤다. 슬슬 바깥의 분위기가 심상치 않다는 걸 느낀 듯, 학생들이 움직이는 게 느껴졌다.

여전히 방 안에서 잠을 청하는 이들도 몇몇 있기는 했으나, 대부분 반응을 보이는 게 감각에 잡혔다.

"나도 슬슬… 움직여 볼까나."

굳이 눈에 띌 생각은 없던 까닭에, 의도적으로 이 타이밍을 노렸다.

'케빈 형은… 이미 나갔겠지?'

폭음의 진원지를 생각해 본다면, 충분히 예상 가능한 상황이었다.

"우와아아아아!"

그의 예상에 답을 내어주듯, 저 멀리서 거대한 외침이 들려왔다.

가볍게 실소한 카이든도 이내 방밖으로 향했다.

제국의 수도에 발을 들이자마자 돼지 고양이를 찾았다. 그가 편지의 발신인이라는 걸 알기 때문이었다.

암살왕!

밤의 제왕 또는 주인이라고 불리던 그에게, 정보의 역추적을 하는 건 그리 어려운 일이 아니었다.

어둠에 스며들며 그림자를 건너뛰며, 마치 한 마리의 연어처럼 요원들의 정보를 거슬러 올라가는 것이다.

재밌는 건, 이런 그의 등장을 예상했다는 듯, 너무도 태연한 돼지고양이의 태도였다.

〈검작공께서 기다리십니다.〉

과거, 그의 주인이자 스승이며 은인이었던 자의 연인이 언급되었다. 잠시간의 고민 끝에 결국 그녀를 찾아갔다. 답을 얻으려면 결국 마주쳐야 하기 때문이다.

〈카이스테론으로 가라.〉

하지만 명쾌한 해답은 얻어내질 못했다. 단지, 그녀가 내어준 단서를 따라 카이스테론의 어둠에 스며들었을 뿐이었다.

그러다가 오늘 사건과 마주하게 된다.

암살왕의 명성이 아깝지 않게, 카이스테론에 들어선 뒤 가장 처음 한 일이 이곳에 자신의 영역을 구축하는 것이었다.

헌데, 그 영역에 발을 들이는 밤의 주민들이 있었다. 그래서 뒤를 따랐고, 결국 사건에 말려들게 되었다.

하지만 더 이상 말려들 생각은 없었다.

모네카 라비에라!

그 이름에 담긴 특별함을 인지하고, 고향을 지키기 위한 최소한의 손짓만 했을 뿐이었다.

'게다가 이젠… 굳이 나설 필요도 없겠지.'

사건의 중심지로 몰려드는 실력자들의 기세가 느껴졌다. 카이스테론의 저력이 움직이려는 순간이었다. 한 차례 고개를 끄덕이던 그의 시선이 슬쩍 아래로 내려갔다.

'그나저나….'

아카데미 학생으로 보이는 소녀들이 눈에 들어왔다. 헌데, 그 중 한 소녀에게 유독 시선이 갔다.

한 눈에 봐도 빼어난 미모가 절로 눈길을 잡아끄는 소녀였는데, 그렇다고 해서 그 미모에 빠져든 것은 아니었다.

'나를 봤어?'

분명, 한 순간이었나 그녀와 눈이 마주쳤다는 걸 느꼈다. 그 찰나의 순간 얼마나 놀랐던가.

오랜 경험이 아니었더라면, 일시적이나마 기척을 드러냈을지도 모를 정도로 충격을 먹어야만 했다.

대륙의 별이라고 불리는 마스터들도 쉬이 파악하지 못하

는 그의 은신이었다. 헌데, 그걸 단번에 알아채고 눈길을
보내 온 것이다.

'누굴까?'

한 줄기 의문.

'익스퍼트 중급.'

혹은 거기서 반걸음 정도는 더 나아간 수준, 이것이 소
녀에 대한 평가였다. 확실히 어린 나이와 어울리지 않는
뛰어난 실력이었다.

하지만 그의 은신을 알아챌 정도는 아니었다.

'누굴까?'

진한 호기심이 일어났다.

◆

메리는 한 차례 기숙사 옆에 조성된 정원 쪽을 바라봤다.

'뭔가 있는 것 같았는데…'

그녀의 특별한 감각으로도 제대로 잡아내기 어려운 무
언가가 느껴졌다. 잠시지만 그 의문의 존재와 눈도 마주쳤
다는 '착각'도 들었다. 하지만 안타깝게도 상황은 그녀를
그곳에 집중할 수 없게 만들었다.

"다치기 싫다면 얌전히 잡히는 게 좋을 거야."

흑의인들 중 한명이 그리 말하며 다가오고 있던 까닭이

었다. 게다가 몇몇은 그녀들이 나온 통로 쪽으로 발길을 하고 있었다.

차차창!

그녀와 함께하던 동기들이 검을 뽑아드는 게 보였다.

"과연, 카이스테론 아카데미인가."

앞장서던 흑의인이 눈을 빛내며 그리 말했다. 소녀들의 실력이 오러 유저급이라는 걸 느낀 까닭이었다. 그렇게 검을 든 세 소녀를 바라보던 흑의인이 메리에게로 시선을 던지며 물었다.

"너는 저항할 생각이 없어 보이는군."

이에 메리가 가볍게 미소 지으며 답했다.

"저항할 필요가 없으니까요."

"그게 무슨 뜻이지?"

이해할 수 없다는 듯 고개를 갸웃거리는 순간이었다.

콰직!

흑의인의 고개가 한층 더 격하게 꺾이며 허공을 부유하는 게 보였다.

콰아앙!

험하게 담벼락을 들이받는 그의 모습을 바라보며 메리가 대답했다.

"이런 의미죠."

어느새 흑의인이 서 있던 자리에는 전혀 다른 존재가 서 있었는데, 메리와 다른 세 소녀들에게는 너무도 익숙한 얼굴이었다.

"오빠!"

메리가 한껏 목소리를 높이며 그를 불렀다. 그러자 케빈이 살짝 미소 지으며 그녀를 돌아보는 게 아닌가.

"아무 이상 없었지?"

그 물음에 메리가 고개를 끄덕이는데, 이레나를 비롯한 동기생들은 이런 두 남매의 모습을 이해할 수가 없었다.

'저게… 대체!'

그도 그럴게 현재 케빈이 서 있는 위치가 어디인가. 조금 전 그 흑의인의 자리가 아니던가. 말인 즉, 바로 코앞에 적들을 둔 상태라는 의미였다. 그런 와중에 등까지 돌린다?

'미친!'

제정신으로는 보이질 않았다.

당장에라도 흑의인들의 공격에 벌집이 될 것 같았다. 하지만 어째서인지 저들은 케빈의 등을 보면서도 검을 뽑질 않고 있었다.

'강자!'

케빈의 등을 노려보는 흑의인들이 공통적으로 하고 있는 생각이었다. 그 한 단어로 눈앞의 청년을 정의할 수 있었다.

'어떻게?'

하지만 그렇다고 해서 이해할 수 있는 건 아니었다.

'저 어린 나이에?'

잠시였으나 분명 청년의 얼굴을 봤고, 그 연령대를 추측할 수 있었다. 잘 쳐줘도 20대 정도일 것으로 여겨졌건만, 이 소름끼치는 기세는 무엇이란 말인가.

등에서부터 밀려드는 오싹한 감각이 그들 전부의 발목을 붙잡고 있었다.

하나같이 실전으로 다져진 용맹한 전사들이었고, 그런만큼 상대의 역량을 파악하는 게 빨랐다. 애초에 이리 노골적으로 기세를 보내오는데, 알아내지 못하는 게 이상한 일이었다.

'이길 수 없다!'

인정하기 싫었으나, 그들은 저 젊은 청년 한명을 감당할수 없다는 결론이 내려졌다.

그렇다고 해서 물러나는 건 아니었다.

'목숨을 건다!'

이 자리를 그들의 무덤으로 삼기로 했다. 하나같이 익스퍼트급인 실력자 서른 명이 동시에 같은 각오를 다졌다.

그리고 약속이나 한 듯, 일제히 검을 뽑았다.

차차차창!

그 순간 밀려드는 압박감이 그들의 어깨를 짓눌렀다.

"크흐으읍!"

"흐윽!"

나직한 신음성과 함께 흑의인들의 신형이 휘청거렸고, 그제야 이레나와 다른 소녀들도 분위기의 변화를 읽어냈다.

'설마…'

'…케빈 오빠가?'

'말도 안 돼!'

세 소녀가 동공을 키우고 입을 벌린 채 케빈을 바라보는데, 이런 그녀들의 시선을 느낀 듯 케빈이 특유의 무표정한 얼굴로 그녀들에게 한 가지 행동을 취했다.

검지로 입술을 가리는 것!

마치, 지금 여기서 발생하는 모든 일들을 비밀로 해 달라는 것 같았고, 세 소녀는 자신들도 모르게 고개를 끄덕이고 있었다.

만족한 듯 옅은 미소를 지은 케빈이 한 차례 더 메리와 시선을 맞춘 뒤, 신형을 돌려세웠다.

흑의인들과 정면으로 마주할 때가 온 것이다.

'감히! 메리를 위협했단 말이지.'

그의 뜨거운 분노가 흑의인들을 향해 폭사되었다.

처음에는 유성이라고 생각했다. 하지만 이내 그것이 사람이라는 걸 깨달았다.

'유성이 땅에서 솟구칠 리는 없으니까.'

전신을 빛으로 둘러싼 거구사내가 매서운 속도로 날아드는데, 한 눈에 봐도 마주치면 위험하겠다는 생각이 들었다. 때문에 허공을 박찼고, 거짓말처럼 공중에서 방향이 전환됐다.

파파팍!

제법 거리를 둔 채, 거대한 빛의 덩어리가 지나갔건만, 그 파동이 밀어닥치며 피부를 따갑게 두드렸다.

쿠웅!

저 앞으로 거구의 사내가 착지하는 게 보였다. 쿠너는 아카데미 조경을 위해 심어놓은 나무의 꼭대기에 내려섰다.

이런 그의 모습에 거구사내가 눈을 빛내며 입을 열었다.

"신기한 기술을 쓰는군."

허공을 차며 방향을 틀던 움직임이나, 지금처럼 가느다란 나뭇가지 위에 신형을 올려놓는 모습까지, 마치 마법을 보고 있는 기분이었다.

"오히려 내가 하고 싶은 말인데."

쿠너는 그리 반박하며 거구사내를 바라봤다. 전신을 강화된 오러로 둘러싸고 있는 모습이 실로 놀라웠다.

'대체… 얼마나 많은 오러를 지니고 있기에.'

마치 바다를 마주한 것 같다고나 할까?

'제튼 선생님과 비교한다면….'

안타깝게도 답을 내리기가 어려웠다. 애초에 제튼에게서는 무언가를 느끼기가 어렵기 때문이었다.

하지만 눈앞의 상대는 분명 느껴지는 게 있었다.

'…나로서는 상상도 하기 힘든 오러량이군.'

절로 고개가 저어질 정도였다.

그렇게 잠시간의 대치가 이어지는데, 문득 거구사내가 시선을 한쪽으로 돌리더니 황당하다는 얼굴로 먼저 입을 열었다.

"말도 안 되는군."

그 시선을 따라가니 쿠너에게도 익숙한 얼굴이 눈에 들어왔다.

'케빈.'

거구사내는 케빈이 내비치는 기세를 느낀 것 같았다. 케빈은 현재 메리를 위협한 이들을 압박하는 중이었는데, 거구사내는 그걸 읽어낸 것이다.

"허…."

거구사내의 시선이 케빈에게서 떨어질 줄을 모르자, 눈

살을 살짝 찌푸린 쿠너가 먼저 움직였다.

'이들의 목적은 모르겠지만… 케빈을 눈에 담게 둘 수야 없지!'

신경을 흩어버리겠다는 의도였다.

파파팡!

갑작스런 기습이었으나 쿠너를 놓치지 않고 있었던 듯, 거구사내는 무리 없이 이를 받아냈고, 거기에 더해 반격까지 내보이고 있었다.

우직한 강권이 정면으로 밀려드는데, 그 안에 담긴 기세가 실로 태산과도 같아 마주할 엄두가 나질 않았다.

피해야 할까?

이를 악 문 쿠너가 뒷걸음질을 치면서 양 팔을 바삐 움직였다. 피한다는 가정을 털어낸 것이다. 워낙 험악한 기세라서 그가 피한다면 뒤편으로 힘의 여파가 뻗어갈 텐데, 하필이면 그 위치가 정확히 여자기숙사 쪽이었다.

비록 파견이고 임시지만, 이곳 아카데미의 교직에 몸을 담은 상태였다. 그런 만큼 등 뒤의 아이들은 제자들이라고 할 수 있었다.

때문에 피하는 게 아닌, 막아야만 했다.

정면으로 막기엔 무리였다. 때문에 직격에 거리를 둔 채, 여러 차례 타격을 넣으며 밀려드는 힘의 여파만 제거하기로 했다.

치고 흘리고 올려 보낸다. 그러자 주변 대지와 대기 그
리고 하늘이 '우르릉!' 괴성을 내며, 때 아닌 천둥소리를
모방하는 게 아닌가.

"으음!"

쿠너가 나직한 신음성과 함께 양 손을 털었다. 정면으로
막아낸 것도 아니건만, 짜릿한 통증에 손이 저려왔다.

'맨손으로는 안 되겠군.'

그리 생각하며 즉각 검을 뽑아들었다.

차앙!

수도로 향한다는 이야기에, 부친이 아들의 안전을 위한
다며 직접 상단을 움직여서 구해준 검으로써, 장인의 손을
탄 명검이었다.

하지만 이렇다 할 예기는 보이질 않았는데, 이런 점이
오히려 거구사내의 호기심을 자극했다. 전혀 위협적으로
느껴지지 않는 검에서 위험한 향을 맡은 까닭이었다.

"대단하군!"

순수하게 검을 향한 감탄사였다. 이에 쿠너가 고개를 끄
덕였다.

"대단하지!"

그의 감탄사는 검이 아닌 부친에게 보내는 것이었다.

'설마, 이런 명검을 구해오실 줄이야.'

부친의 수완이 알려진 것 이상이라는 걸 생각하게 만드

는 검이었다.

쿠너가 검을 정면에 세우며 물었다.

"어째서 이곳을 습격한 거냐?"

이에 거구사내가 이를 드러내며 웃었다.

"뻔한 거지."

"무엇이 말이냐."

"인질!"

거구사내가 슬쩍 쿠너의 뒤편을 바라봤다.

"저 건물 한 채에 얼마나 많은 몸값이 잠자고 있을까? 생각만으로도 재미있군."

"…전혀 재미없는데."

"웃음 포인트가 다른가 보군."

"그 말에 웃는 놈들이 미친 거다."

쿠너의 이야기에 거구사내가 재차 이를 드러내며 웃었다.

"확실히… 내가 제정신은 아니지."

"그래 보이네."

"계속 떠들기만 할 건가?"

"설마, 그럴 리가."

말을 끝내기가 무섭게 쿠너의 신형이 움직였다. 어느새 검 끝에는 오러 블레이드가 솟아나 빛을 발하고 있었다.

상대의 무시무시한 오러량을 생각해 본다면, 정면대결은 최대한 피해야 하는 부분이었다. 하지만 어째서인지 쿠너는 정면으로 상대에게 검을 날렸다.

기운을 극한까지 담은 찌르기에 회전력을 심어 한계치 이상의 힘을 끌어내 한 점에 모았다.

찰나 간에 완성된 궁극의 기예는 거구사내의 여유를 단번에 빼앗고, 표정의 자유를 굳혀버렸다.

꽈르릉!

마치 우레가 친 듯, 장대한 울림이 아카데미에 울려 퍼졌고, 한 줄기 유성이 대지 위로 거칠게 곤두박질쳤다.

"으음!"

짧은 신음성과 함께 자세를 바로잡은 거구사내가 자신의 주먹을 털었다. 찌르기에 맞섰던 그의 오른 주먹이 엉망으로 망가져 있었다. 핏물이 넘쳐흐르며 바닥을 적셨다.

"제법이군."

언뜻 맹수가 으르렁거리는 것 같은 느낌으로 그가 말문을 열었다. 그러자 저 앞으로 내려선 쿠너가 어깨를 으쓱이며 답했다.

"내가 좀 제법이긴 하지."

그러며 슬쩍 주변을 돌아보는데, 연무장으로 비쳐지는 장소가 눈에 들어왔다. 의도하던 대로 된 것이다. 조금 전 그 장소는 아무래도 그들이 겨루기에는 적합한 장소가 아니었기에, 일부러 이곳으로 밀어 친 것이다.

'뭐… 덕분에 피해가 좀 크네.'

입맛이 썼다. 부친이 어렵게 구해 준 검의 윗부분이 3분의 1가량이나 깎여나간 상태였다. 조금 전 격돌의 여파였다.

'쯧! 무식하기는….'

거구사내는 어떠한 기예도 없이 오로지 기운의 양으로 그의 일격을 만아낸 것이다. 다시 생각해도 말이 안 되는 오러량이었다.

'어떻게 저만큼의 오러를 쌓을 수 있는 거지?'

이해하기가 어려웠다.

"궁금한 게 있나?"

거구사내의 물음에 쿠너가 눈을 빛내며 되물었다.

"왜? 물으면 말해주게?"

"큭! 질문에 따라서 다르겠지. 그보다… 말이 짧군."

"남의 직장에 깽판치러 온 놈한테 존대할 수는 없잖아."

"그렇지. 그보다 궁금한 게 뭐지?"

"됐어."

답을 듣기 어려운 질문이라고 예감하고 있었다.

"그만 떠들고 본격적으로 한 판 하자고."

쿠너의 이야기에 거구사내가 옷을 찢어 오른 주먹을 감싸며 물었다.

"검이 그 모양인데?"

이에 쿠너가 검을 검집에 넣더니 한쪽으로 손을 뻗었다. 그러자 저 한편에서 한 줄기 섬광이 날아들더니, 그의 손 위에 안착했다.

'검?'

섬광의 정체를 확인한 거구사내가 눈살을 찌푸리며 주변을 돌아봤다.

'…연무장?'

이제야 이곳의 위치를 확인하는 그의 모습에, 쿠너가 실소했다.

"무기는 널려 있으니까 걱정 말라고."

비록 연무장에서 사용하는 수련용 가검이라고는 하나, 명문 아카데미의 이름값이 아깝지 않은 검이었다.

'날은 안 서있지만….'

무게감이나 균형감이 손에 딱이었다.

이런 검이 구석에만 수십 자루가 놓여있었다. 거구사내도 이를 확인한 듯, 표정을 와락 일그러트리고 있었다.

◈

〈수고!〉

한 차례 쿠너와 메시지를 전달한 뒤, 케빈은 흑의인들에게 집중했다. 이미 그가 풀어낸 기세에 제압당한 듯, 하나같이 굳어버린 모습으로 그를 바라보고 있었는데, 문제는 이들이 아니었다.

저 한편에서 거구사내와 함께하던 흑의인들이 이쪽으로 합류하고 있었고, 또 다른 방향에서 몰려오는 흑의인들 역시 상당수 존재했는데, 이들을 다 합쳐놓고 보니, 충분히 세 자릿수로 넘어갈만한 수였다.

'대단하군.'

하나같이 익스퍼트급의 실력자들로 느껴졌는데, 이런 전력이 어디서 등장했는지 놀라운 따름이었다. 동시에 이 대단한 자들이 자신의 동생에게 위기감을 느끼게 했다는 걸 깨닫자, 더욱더 불쾌한 감각이 치솟았다.

화아아악!

대륙의 별!

마스터라 불리는 그 기세를 온전히 풀어냈다.

털썩! 털썩…

그의 기세에 계속 노출되어 있던, 최초 서른 명의 흑의인들이 무릎을 꿇는 게 보였다. 그리고 그 뒤로 우르르 몰려든 새로운 흑의인들의 모습을 눈에 담았다.

자연스레 검으로 향하는 손.

하지만 이내 고개를 흔들며 검에서 손을 뗐다. 등 뒤의 메리를 생각한 까닭이었다. 안 좋은 모습을 보여주고 싶지는 않았다.

살인!

어쩌면 그 흉악한 사태가 눈앞에서 발생할 수도 있기 때문이었다.

그 스스로도 살인을 해 본적은 없기에, 여러모로 꺼려지는 마음이 있기도 했다. 물론, 그렇다고 해서 이 부분 때문에 경직되거나 하는 상황이 오지는 않을 거라 여겼다.

〈부동심(不動心)!〉

제튼이 언제고 가르친 명상법을 통해, 그와 쿠너는 언제라도 생사를 나눌 수 있는 단단한 마음의 장벽을 세웠다. 제튼이 그리 말했기에 믿을 뿐이었다.

실제로 이곳에 오기 전, 그의 기숙사 앞에서 다섯의 흑의인을 베었을 때, 일부나마 '부동심'을 느낄 수 있었다.

게다가 실전은 아니겠으나, 주기적으로 도축장에서 짐승을 가르는 훈련으로 작게나마 피에 대한 거부감 정도는 걷어냈다.

차차차창!

이미 케빈이 뿌리는 기세를 느낀 듯, 새로이 등장한 흑의인들이 검을 뽑아드는 게 보였다.

케빈 역시 주먹을 억세게 움켜쥐었다.

'선수필승!'

그러며 훌쩍 신형을 내던졌다.

빠바바바박!

먼저 바로 코앞에 있던 서른 명의 흑의인을 두드렸다. 그의 기세에 억눌려 있는 지금, 손쉽게 제압할 수 있을 때 손을 써두려는 것이었다.

열 명을 눕혔을 즈음, 나머지 스물이 생사의 갈망으로 정신과 육신의 중심을 되찾으며 방비에 나섰고, 새로이 등장한 흑의인들이 몸을 던져왔다.

"안쪽으로!"

그 순간 케빈이 외쳤다. 뒤편의 메리에게 보내는 메시지였다. 저들을 홀로 상대한다면 모를까, 등 뒤에 메리를 둔 채 상대하는 건 쉽지가 않았다. 게다가 험한 모습을 피하고자 검마저도 뽑지 않았다. 상황이 이렇다보니, 생각 이상으로 어려운 전투가 될 수도 있었다.

때문에 그녀에게 외친 것이다.

"들어가자."

오라비의 마음을 제대로 전해 받은 듯, 메리가 동기생들을 이끌며 기숙사 방향으로 향했다.

눈이 아닌 감각으로 여동생의 움직임을 파악한 케빈이 고개를 끄덕이며 눈을 빛냈다.

퍼퍼퍼펑!

동시에 그의 주먹 끝에 실린 기세가 일변했다. 마치 마법이 터져나가듯, 그의 권격이 지나가는 자리마다 사나운 폭음이 터져나가며 흑의인들이 거칠게 튕겨나가기 시작했다.

◈

돼지고양이는 선천적으로 후각이 좋았다. 그리고 이 후각은 정보 분야에 관해서는 한계치 이상의 초월적 이상반응을 보이고는 했는데, 이번 카이스테론 아카데미의 사건 역시도 이런 감각권으로 파악해낸 특수상황이었다.

덕분에 오르카는 아카데미에서 가장 시야확보가 좋은 명당에 자리를 잡은 채, 이번 사건의 모든 사태를 관람할 수 있었다.

분위기와 안 어울리게 양 손에는 먹을 게 한 가득 들려 있었다.

"고놈 참, 능력도 좋다니까."

새삼 돼지고양이 사반트의 정보력에 감탄하며 가져온 먹을거리를 입 안 가득 쑤셔 넣었다.

만약, 누군가 이 모습을 봤다면 이리 물었을 터였다.

〈이런 장소에서 음식이 넘어갑니까?〉

마치 정말로 그런 질문을 받기라도 한 듯, 오르카가 혼잣말처럼 중얼거렸다.

"원래 쌈 구경만큼 재밌는 게 없는 거다."

그러며 재차 입 안 가득 먹을 걸 쑤셔 넣는데, 옆에 펼쳐진 음식들을 보고 있노라면, 정말 작정하고 준비해 온 느낌이 물씬 풍겼다.

빵에서부터 식사종류 그리고 과일에 주류까지, 이걸 어떻게 가져왔는지도 신기할 정도였다.

"히야… 그나저나, 저놈 저거 특이하네."

그녀의 시선이 닿는 손에는 전신을 빛으로 두른 거구사내가 있었다.

"오러량이 정말… 어마어마하네. 괴물이야. 괴물!"

순수하게 기운의 양만 놓고 본다면, 오르카도 압도당할 정도로 엄청났다. 그녀가 지닌 지식으로도 이해하기가 어려운 부분인지라, 자꾸만 시선이 갔다.

"그레이브라…"

이미 제튼을 통해 그 단체의 이름 정도는 알고 있었다. 하지만 설마 그 이름이 오늘 저들의 입에서 흘러나올 거라고는 생각지도 못했다.

〈그레이브!〉

앞서 거구사내가 했던 그 한마디가 아직도 귀에 남아있었다.

"사반트 녀석 이야기대로라면… 저놈들이 몬스터와 손을 잡았을지도 모른다고 했었지."

그런 이들이 갑자기 이곳 카이스테론을 습격했다?

'확실히 냄새가 나는데….'

문득, 사반트가 했던 이야기가 떠올랐다.

〈몬스터 토벌로 인해서, 지금 수도의 아카데미들은 방비가 허술한 상황입니다.〉

아마도 이 틈에 아카데미를 공략하는 집단이 있을지도 모른다고 했다.

날씨를 관측하는 마법을 통해, 오늘밤 어둠이 가장 깊다는 결론이 나왔다. 그 때문에 혹시나 하고 '만에 하나'의 상황을 알려왔다.

아니나 다를까.

"정말로 사건이 발생했단 말이지."

사반트의 예측이 제대로 들어맞은 것이다. 단지, 그게 '그레이브'일 거라고는 예상치 못했다.

'사반트라면… 어쩌면 염두에 두고 있었을지도 모르지.'

고개를 끄덕이던 그녀가 잠시 시선을 주변으로 돌렸다.

카이스테론 아카데미의 풍경이 눈에 들어왔다. 그녀가 수많은 아카데미들 중에서, 굳이 이곳에 자리를 잡은 것도 사반트의 추측 때문이었다.

〈만약 사건이 벌어진다면… 카이스테론 아카데미가 가장 확률이 높을 겁니다.〉

이유는 간단했다.

〈그곳이 제국을 대표하는 장소니까요.〉

이 정도까지 상세하게 이야기를 했다는 점에서, 사건 발생 확률이 상당히 높다는 결론이 내려졌다. 때문이 바리바리 먹을 걸 챙겨서 온 것이다.

"어떻게 되려나."

긴박한 상황이 곳곳에서 펼쳐지고 있었으나, 굳이 나설 생각은 없는 모양인지, 그녀는 여전한 모습으로 입 안 가득 음식만 쑤셔 넣고 있을 뿐이었다.

❖

거구사내의 권격이 빠르게 뻗어나가며 전방에 거대한 빛의 물결을 만들어낸다.

도저히 피할 수 없을 것 같은 그 촘촘한 권격의 그물망 속으로 쿠너의 신형이 갇혔다. 길이 없다면 만들면 된다고 했던가. 검이 그물을 베며 틈을 만들었고, 쿠너의 신형이 그곳으로 빠져나왔다.

콰콰콰쾅!

찰나 간에 발생한 격전의 여파가 연무장을 험하게 두드리는데, 이미 마법으로 도배가 된 외벽은 반파가 된 상태였고, 주변에 가득 설치된 충격 흡수 마법진 역시 제 역할을 잃어, 쉴 새 없이 주변으로 기운의 잔재를 내비치고 있었다.

"젠장!"

짧게 투덜거린 쿠너가 손을 털자, 조금 전까지 들고 있던 가검이 가루가 되어 부서져 나갔다. 거구사내의 그물망을 헤치고 나오는 게 생각보다 쉽지 않았다.

때문에 격하게 오러를 불어넣었더니, 그 기세를 이겨내지 못한 듯 검이 바스라진 것이다. 다급히 몸을 빼내며 손을 흔들자 저 멀리 방치되어 있던 가검이 날아들어 손에 잡혔다.

'열두 개.'

그의 손에 박살난 가검의 숫자였다.

거구사내의 기운과 맞닿아 박살난 게 다섯 개, 그의 기운에 짓이겨진 게 일곱 개였다. 워낙 급박한 상황이 연달아 이어지다 보니, 경지에 한 발 걸치던 당시에나 할 법한 실수가 이어졌다.

잠시 남은 가검의 수를 계산해봤다.

'네 개…인가.'

전투 중에 흘러나간 파동으로 멀쩡하던 것 대부분이 박살나버렸다. 남은 가검도 멀쩡할 거란 장담은 어려웠다. 지금 들고 있는 가검이 마지막이라고 생각해야 할 것 같았다.

'슬슬… 승부를 볼 때인가.'

더 이상 질질 끌 여력이 없었다.

"후우… 괴물 같은 놈!"

그리 중얼거리며 거구사내를 바라봤다. 여전히 전신을 빛으로 둘러싼 모습에서 소름이 끼쳤다.

'무지막지 하네, 정말!'

슬슬 오러의 양이 바닥을 드러내는 그와 달리, 상대는 여전히 팔팔한 모습이었다. 전에 없던 경험에 당혹스럽기까지 했다.

'설마, 기운이 부족한 날이 올 줄이야.'

그나마 제튼을 통해 다양한 경험을 해 봤기에, 이 황당한 상황에도 정신을 바로잡고 있는 것이었다.

"딱… 하나만 묻자."

잠시 호흡도 고를 겸, 쿠너가 거리를 벌린 채 그리 말을 걸었다. 이에 돌진태세를 취하던 거구사내가 움직임을 멈춘 채 눈빛을 보내왔다. 말해 보라는 듯 여겨지는 그 시선에 쿠너가 물었다.

"혹시, 드래곤 하트라도 삼켰냐?"

그 순간 거구사내의 동공이 흔들리는 걸 봤다. 이에 맞춰 쿠너의 동공 역시 흔들렸다.

"설마… 진짜?"

거구사내는 답하지 않았다. 하지만 찰나 간에 보여준 모습에서 분명 그와 비슷한 무언가가 있다는 걸 느꼈다.

"이런, 미친!"

이로써 확신했다. 전투가 길어지면 길어질수록 그만 손해라는 것이다.

'확실히, 승부를 봐야겠네!'

딱 한번 본 것이나, 영혼에 새겨지듯 각인된 동작이 있었다.

훈련에 지쳐 쉬고 있을 때, 스승이 장난삼아 내지르던 일격이었다. 하지만 결코 장난이지 않았던 그 한 번의 움직임에 전율했다.

〈이게 뭐냐고?〉

배우고자 물었을 때, 그 답이 신비로웠다.

〈태양을 떨어트리는 찌르기? 꿰뚫는 일격? 뭐, 대충 그런 거지.〉

무릎을 꿇고 가르쳐달라 외쳤다.

〈미안. 보여주면 안 되는 건데, 실수했네.〉

스승의 얼굴은 정말 실수했다는 표정이었다. 때문에 더는 묻지 못했다.

단지, 그 한 번의 찌르기를 가슴에 품었을 뿐이다.

"후우우웁!"

자세를 잡았다. 단 한 번의 찌르기를 위한 자세였다. 그 순간 뒤바뀐 주변의 공기에 거구사내도 긴장한 듯, 안색을 굳히며 자세를 잡았다.

동시에 전신을 에워 쌓고 있던 빛 무리가 은은해지는

게 보였다. 마치 거대한 기운을 응축하는 것 같은 느낌이
었다.

둘 다, 이 한 번의 격돌에 승부가 날거라는 예감을 하고
있었다. 때문에 물어야만 했다.

"이름은?"

거구사내의 물음에 기운을 모으던 쿠너가 짧게 답했다.

"쿠너!"

고개를 끄덕인 거구사내 역시 자신을 알렸다.

"운트!"

그리고,

둘의 '전력'이 마주했다.

◈

'그'는 저 멀리 뜨겁게 달아오른 전장을 바라보며 작게
고개를 끄덕였다.

"나쁘지 않군."

전신을 빛으로 둘러싼 거구사내를 보며 내린 결론이
었다.

"겨우 손톱만한 하트를 가지고 뭘 하나 싶었더니, 저런
걸 만들었나. 확실히… 바탐 그놈이 사도들 중에서는 가장
연구하는 걸 좋아했었지."

간간히 보여주던 독특한 발상을 더는 볼 수 없다는 게 아쉬웠다.

'브라만 대공.'

그의 손에 쓰러졌다. 수많은 사도들이 그로 인해 생을 다했다. 아쉬운 마음은 있었으나, 안타깝게도 그들의 죽음에 대한 '분노'의 감정은 없었다. 일족의 피를 이어받았다고는 하나, 사도라 불리는 아이들은 하나같이 '유희'의 결과물일 뿐이기 때문이었다.

잠시 거구사내 '운트'를 지켜보던 그가 고개를 끄덕이며 중얼거렸다.

"하트를 매개체로 삼고, 마정석을 심은 것인가."

확실히 저런 방식이라면 한 개인의 몸에 거대한 힘을 담는 게 가능했다.

"하지만…."

완전하지가 않았다.

"오래는 못 살겠군."

육신에 담기에는 너무도 거대한 힘이었다. 육체의 완성도가 높기는 하나, 안타깝게도 기운의 양이 그릇의 수용범위 밖이었다.

"억지로 눌러 담은 힘인가."

오래가지 못 할 터였다.

"오히려…."

육체의 완성도만 놓고 보자면, 상대하고 있는 청년쪽이 더 우위에 있었다. 상대의 육신을 실험체로 삼았더라면, 어쩌면 완성했을지도 모른다는 생각이 들었다.

"복수라…."

다시금 거구사내에게로 시선을 돌린 뒤, 저들 '그레이브'의 목적을 떠올려봤다.

"과거를 위해 미래를 포기하는가."

고개를 절레절레 흔들던 그가 다른 방향으로 시선을 보냈다.

"저만한 힘을 지닌 여인이라면…검작공인가."

인간 세상에 대해서 적지 않은 지식을 지니고 있던 덕분인지, 단번에 상대의 정체를 파악해냈다.

"대단하군. 대단해!"

감탄사가 연달아 터져 나왔다. 오르카의 힘을 살핀 까닭이었다.

"여인의 몸으로 저 정도의 능력을 쌓다니."

절로 고개가 끄덕여졌다. 그러다가 이내 깜짝 놀라는데, 오르카가 안색을 굳히며 주변을 살피는 걸 본 까닭이었다.

'내 시선을 눈치 챘단 말인가.'

여러모로 놀라게 하는 여인이었다. 다행스럽게도 그가 서 있는 위치는 아카데미에서 워낙 먼 장소였고, 개별적으로 마법을 부려 자신을 감추고 있는 까닭에, 들킬 위험은 없었다.

"조금만 더 실력을 쌓는다면, 일족의 젊은 녀석들도 본체가 아니고서는 상대하기가 어렵겠군."

거기까지 생각하던 그의 머릿속으로 한 가지 뜨거운 고민이 스쳤다.

'손을 써야할까?'

하지만 이내 고개를 흔들며 열기를 털어냈다.

"아무래도… 지금 상태로는 어려울 테니."

오르카를 상대하려면 본신의 힘을 전부 사용해야만 하는데, 안타깝게도 이번 여정에서 그가 내비칠 수 있는 '전력'은 단 한 번 밖에 없었다.

브라만 대공!

그와 만나기 위해 나선 길이니만큼, 그를 위한 전투만 준비되어 있었다.

거기까지 생각을 하던 그의 시선이 발 아래로 향했다. 현재 그가 서 있는 장소가 브라만 대공과 깊은 연관이 있는 곳인 까닭이었다.

사자의 탑!

대공의 거처이자 제국의 수도에서 가장 높은 장소로써, 수도 전역을 돌아볼 수 있는 유일한 명당이기도 했다.

혹시나 하고 이곳에 와 본 것이었으나, 역시나라고 할

까? 이곳 내부에서는 브라만 대공의 흔적은 전혀 보이질 않았다.

'뭐… 급할 건 없겠지.'

오랜만에 나온 바깥 나들이였다. 그런 만큼 굳이 무리해 가며 급하게 움직이고 싶지는 않았다.

애초에 일정수준 이상의 힘을 끌어낼 수 없는 지금의 상태도 고려해야만 했다.

본신의 능력을 끌어올린다면, 공간을 넘어가며 순식간에 대륙 전역을 돌아볼 수 있을 것이다. 하지만 지금 그가 발휘할 수 있는 힘은 극히 한정적인 까닭에, 일반적인 이동방식의 범주를 벗어나기가 어려웠다.

사도들에게 일이 발생했다는 소식을 듣고서도 나서지 않는 것 역시 이런 이유 때문이었다.

〈제가 직접 모시겠습니다.〉

이리 말하며 그의 이동을 책임지려던 아이들이 몇몇 있었다. 하지만 안타깝게도 허락할 수는 없었다.

〈너희는 내 곁에 오래 머물러서는 안 된다.〉

그가 지닌 봉인구는 딱 그의 힘만 감춰줄 뿐이었다. 주변에 일족의 기운이 오랜 시간 머무르다 보면, 자칫 봉인구에 이상이 발생할 수도 있었다.

때문에 사도들에게도 필요한 소식만 들을 뿐, 오랜 시간 대화를 나누지는 않았다.

"음?"

문득, 상념에 빠져있던 그의 신경이 외부로 향했다.

"승부를 보는 것인가."

저 멀리, 거구사내가 기운을 응축하는 게 보였다.

◈

전원 익스퍼트로 이뤄진 기사들!

대공의 수족들의 평균적인 수준이었다. 제국전쟁 당시, 그들의 존재는 그야말로 충격이 되어 전 대륙을 강타했었다.

그런 그들을 상대하기 위해 힘을 모았다.

그레이브!

'무덤'이라는 이 명칭아래 모여든 망국의 사자들은 자신들의 '비전'을 아낌없이 풀었고, 이를 통해서 대공의 기사들 못지않은 실력자들을 키워냈다.

물론, 많은 어려움이 있었다.

'바람… 그의 도움이 아니었더라면, 여전히 준비만 하고 있었을지도 모르지.'

가면사내는 그레이브의 후원자로써 많은 지원을 아끼지 않았던 미스터리한 사내를 떠올렸다.

조직 내에서도 오직 그 혼자만이 그의 정체를 알고 있었다. 그레이브의 수장인 거구사내 운트 역시도 바탐에 대해서는 몰랐다.

'그가 그러기를 원했으니까.'

때문에 비밀을 지켜줬다.

조직에서는 망국의 비전을 모아 새로운 비전을 탄생시킨 걸 가면사내의 공이라고 여겼으나, 실상은 바탐의 도움이 있었기에 이룰 수 있었던 성과였다.

또한 순수하게 비전을 재탄생시킨 것만이 아니라, 연공을 위한 '비약'도 만들어 냈으며, 연공에 도움이 되는 마법진 역시 개발해냈다.

'이것도 그의 도움이었지.'

알려지지 않은 조직의 후원자 바탐. 더는 그와 마주할 수 없다는 걸 알고 있었다. 그의 동료라는 이들에게 그와 대공 사이의 일을 들었기 때문이다.

어쨌든 그의 도움으로 계획은 빠르게 앞당겨졌고, 지금에 이르러서는 다양한 시도를 할 수 있는 기회도 잡을 수 있었다.

그 중 하나가 이번 카이스테론 아카데미 난입 사건이었다.

비록, 제국에서도 손에 꼽히는 전력을 자랑하는 장소라고 하나, 대륙 각국에서 활약하던 그레이브의 정예들이 모인 만큼, 무리 없이 계획을 완성시킬 것이라고 믿었다.

'지금쯤이면 결과가 나왔어야 할 텐데.'

헌데, 어째서인지 여태껏 신호가 오질 않았다. 뭔가 계획에 지장이 생겼다는 예감이 왔다.

그레이브의 수장인 운트도 함께한 계획이건만, 느낌이 좋질 않았다.

바탐이 전수한 비전의 결정체라고 할 수 있는 게 바로 운트였다. 그의 육체개조를 직접 행했기에, 더더욱 그에 대한 믿음이 컸다.

하지만 이 불안감은 무엇일까?

"역시… 카이스테론이라는 건가."

상당수의 전력이 외부로 나갔건만, 그럼에도 불구하고 계획을 막아설 정도의 저력이 남아있던 모양이었다.

"어쩔 수 없나."

원래대로라면 여자기숙사를 점령하는 순간 신호가 왔을 것이고, 이를 기점으로 제국 주변 국가에 상황을 전했을 터였다.

그 중에는 라비에라 공작가와 같이 그들의 계획에 반대되는 무리가 상당수 포함되어 있었다.

하지만 여전히 신호가 오지 않는 것으로 보아, 계획의 변경이 필요할 것 같았다.

"귀족 아카데미."

최선이 안 된다면 차선으로 가는 수밖에 없었다.

이미 그레이브의 정예는 카이스테론에 돌입해 있었다. 때문에 차선의 계획이라고는 하나, 이 역시도 어려운 계획이 될 거라고 여겼다.

통신구를 손에 들고, 막 차선책을 움직이려는 순간이었다.

꽈르르르르릉…!

마치 세상이 찢어지는 것 마냥, 사나운 천둥소리가 제국수도 전체를 어지럽게 뒤흔들었다.

'카이스테론?'

그곳을 관찰하고 있던 까닭에, 소리의 진원지를 단박에 알아챌 수 있었다.

'대체… 무슨 일이 벌어지고 있는 거지?'

통신구를 든 손이 어느새 축축하니 젖어들고 있었다.

◈

전투는 치열했다. 특히, 개개인이 실전으로 다져진 실력파인 까닭일까? 간간히 능력치 이상의 움직임을 보여주곤하는 게, 수차례 변수로 작용하고는 했다.

"후우… 후… 후읍후…."

케빈은 생각보다 빠르게 지쳐가는 걸 느끼며, 슬슬 이대로는 안 되겠다는 생각을 했다.

어느새 절반가량을 쓰러트렸다. 제법 손을 험하게 쓴 까닭인지 더 이상은 전투가 무리일 터였다. 하지만 그런 이들을 제외하더라도 아직 절반가량이 남아있었고, 그 숫자가 여전히 세 자릿수에 육박했다.

전투 중간에 또 다시 합류한 인원들이 있었고, 그로 인해서 총 인원을 더해보자면 무려 그 숫자만 200여명에 달했던 것이다.

'어디서 이런 전력이 나온 거지?'

여러모로 미스터리한 상황이었으나, 지금 당장은 이런 부분에 대한 생각을 길게 이어나가기가 어려웠다.

'어쩔 수 없나.'

더 이상 맨손으로 상대하는 게 무리라는 걸 깨달았다.

파팡! 팍!

근접해 있는 좌우의 흑의인을 쳐 내고, 전방의 흑의인을 발로 박차며 훌쩍 뒤로 물러났다. 그렇게 생긴 공간과 찰나의 여유 속에서 검을 잡았다. 쉴 틈을 주지 않겠다는 듯, 다가드는 흑의인들이 보였다.

스릉…

날카로운 예기가 번뜩이는 빛을 뿜어내며 전방을 쓸었다.

"커허억!"

신속한 발검술에 다가들던 흑의인 둘이 가슴을 부여잡으며 쓰러지는 게 보였다.

목을 노릴까도 싶었으나, 그도 모르게 가슴 높이로 검이 움직였다.

'살인을 꺼려하는 건가.'

부동심으로 가라앉힌 마음 덕분인지, 차가운 이성이 스스로의 상황을 빠르게 판단했다.

'두려워하는 건가?'

어쩌면 그럴지도 몰랐다. 아무래도 첫 경험이니만큼 검 끝에 주저함이 실릴 수밖에 없을 터였다. 하지만 이내 검을 쥔 손에 힘을 더했다.

'검을 든 이상 피할 수 없는 일이니까.'

특히, 지금과 같은 전장에서는 더더욱 외면해서는 안 되는 부분이었다. 때문에 결단을 내렸다.

파파팍!

그의 검이 대지에 한 줄기 선을 그었다.

"넘으면, 죽인다!"

할 수 있는 최대한의 자비는 여기까지였다.

경고가 먹혀들까?

'그럴 리가 없겠지.'

아니나 다를까, 흑의인들이 너무도 당연하다는 듯 선을 넘고 있었다.

"후…."

짧은 한숨과 함께 그의 검이 움직였다.

극한의 쾌검!

쿠너가 찌르기의 궁극을 추구한다면, 그는 신속한 검속에 의미를 두고 있었다.

그 신속의 발검술을 통해, 마지막 자비를 저들에게 베풀었다.

'최대한 고통 없이!'

인지할 수도 없는 죽음을 선사할 것이다.

서걱!

이미 지나간 이후에야 죽음이 내려앉는 소리가 들렸다.

하지만 코를 찌르는 절망의 향은 없었다. 분수처럼 쏟아져야 할 핏물 대신, 희미한 탄내가 코끝을 스쳐갔다.

딱 필요한 만큼의 칼질만 했다. 전체가 아닌 부분을 베는 것만으로도 죽음은 저들에게 찾아들 것이다. 검 끝에 실린 뜨거운 열기가 시리도록 잔혹한 전장에 한 줄기 온기를 남겼다.

그렇게 서른 즈음 베었을까?

꽈르르르르릉!

아찔할 정도의 충격파가 저 멀리서부터 밀려들었다.

◈

삶? 죽음?

애초에 그런 걸 고민하는 시기는 오래전에 지났다. 부친이 운영하는 상단의 상행에 참여하며, 여러 차례 실전을 경험했고, 덕분에 일찍이 칼끝에 죽음을 올려놓은 경험이 있었다.

때문에 쿠너는 케빈과 달리, 생사의 문제로 고민하지는 않았다.

단 하나,

'꿰뚫는다!'

그가 생각하는 건 오로지 그것뿐이었다.

견고한 방패마냥 굳건히 서 있는 저 강대한 오러의 갑옷을 전력으로 꿰뚫고, 그 너머로 칼끝을 밀어 넣을 것이다.

그것에만 집중하며 검을 찔렀다.

동시에 거대한 충격파가 사방으로 터져나갔다. 어찌나 강렬했던지, 여러 겹의 마법진으로 보호받던 아카데미가 그 소란을 다 담아내지 못한 채, 외부로 발산시켰다.

꽈르르르르릉!

거대한 천둥소리가 하늘을 가르며 수도 전역을 잠에서 깨웠다.

그리고,

승부가 났다.

"크흐으음…"

격한 신음성과 함께 꺾여버린 무릎.

"후우… 큽… 후우우우…."

호흡을 고르며 손을 바라봤다. 손잡이 위로 있어야할 검이 보이질 않았다. 이를 악 물며 힘겹게 고개를 들어 전방을 바라봤다.

엉망이 된 오른팔을 늘어트린 채, 그를 내려다보는 운트가 보였다.

대번에 견적이 나왔다.

패배!

단단한 오러의 갑옷은 꿰뚫었다.

'하지만….'

그 너머에는 또 다른 갑옷이 숨겨져 있었다.

❉

마치 아기처럼 색색 소리를 내며 잠든 부인을 내려다보고 있노라면, 저도 모르게 입가에 미소가 그려지고는 했다.

언제고 육신을 빼앗긴 채, 거짓된 삶을 살던 무렵에는 그저 상상만 하던 삶이 이제는 온전히 그의 것이 되었다. 때문에 매 순간순간이 소중하게 느껴졌다.

잠시, 부인의 잠든 모습을 바라보던 시선이 창밖으로 향했다. 혹여 옆자리의 공백을 느낀 부인이 재차 잠에서 깰까 우려해, 침대에서 벗어나지는 않았다.

'잘 하고 있겠지.'

돼지고양이 사반트를 통해, 대략적인 정보를 전해 받았다. 어쩌면 오늘 사건이 발생할지도 모른다는 이야기를 들었다.

오늘따라 유난히 잠자리를 뒤척이는 이유였다.

직접 움직일까도 싶었으나, 아이들을 믿기로 했다.

케빈과 쿠너.

두 아이는 더 이상 그가 보호해야 할 대상이 아니었다. 이미 경지에 올라선 아이들이 아니던가. 그럼에도 불구하고 잠자리가 불편한 이유는 하나였다.

메리.

딸아이에 대한 걱정에 자꾸만 창밖으로 시선이 가는 것이다.

'괜찮겠지….'

실력 부분에서는 가장 떨어진다고 할 수 있겠으나, 남다른 감각을 타고났고, 거기에 더해 그가 가르친 아이들 중에서는 가장 발이 빠른 게 바로 메리였다.

'여차하면 그 녀석이 나설 테니.'

제국 수도에는 경지를 넘어선 또 다른 절대자가 있었다.

검작공 오르카!

만약 오늘 사건이 발생했다면, 그녀 역시도 현장에서 그리 멀지 않은 장소를 지키고 있을 터였다. 충분히 만에 하나의 사태도 대비가 가능했다.

'별 일 없겠지.'

안전장치가 되어 있다는 걸 알고 있으면서도, 불안감이 깃드는 건, 그가 어쩔 수 없는 딸 바보 팔불출이기 때문이리라.

◈

운트는 자신의 오른팔을 내려다봤다.

'못 쓰겠군.'

엉망이 되어버렸다. 아마 장기간 요양을 해야 할 것 같았다. 게다가 내부도 제법 상한 듯, 연신 핏물이 올라오고 있었다.

그의 시선이 전방으로 향했다. 쿠너의 모습이 눈에 들어왔다.

창백하게 탈색된 안색과 연신 게워내는 핏물이 바로 눈에 잡혔다. 심각한 내상이 짐작됐다.

앞서 이뤄졌던 정면대결의 결과가 한 눈에 드러났다. 하지만 운트의 표정은 그리 좋지 못했다.

'패배인가….'

이겼으나 이긴 게 아니었다.

'정면 대결은 내 패배다!'

오러의 갑주는 극한의 찌르기에 꿰뚫렸다. 뒤이어 팔뚝
도 통째로 꿰뚫리려던 찰나, 결국 참지 못하고 패배의 언
어를 외쳐버렸다.

〈실드!〉

그리고 육체 주변으로 새로운 갑주가 씌워졌고, 꿰뚫고
들어오던 쿠너의 검은 통째로 바스라져 버렸다.

파스슥…

조금 전 충격의 여파인 듯, 넝마가 되어버린 옷가지가
떨어져 내리며 운트의 거체가 세상밖에 모습을 드러냈다.

전신 가득 새겨져있는 괴이한 문양들이 유난스레 눈에
띄었다.

마법문신!

그는 전형적인 '투사' 였다. 때문에 마법을 사용하지는
못한다. 때문에 가면사내는 그의 몸에 문자를 직접 새겨
넣었다.

많은 종류의 마법을 새길 수는 없었다.

단 하나!

몸을 보호하는 마법을 새겨 넣었다. 그것도 무려 고위의
마법으로써, 한 순간이나마 그의 오러 갑옷에 버금가는 위
력을 지니고 있었다.

위기의 순간, 결국 그 마법을 발동시킨 것이다. 덕분에 승부에는 이겼으나, 자존심이 크게 손상되어 버렸다.

문득, 힘겹게 고개를 든 쿠너와 시선이 맞닿았다. 기력이 다해 탈진한 듯, 힘이 풀린 눈빛이건만 어째서인지 정면으로 마주할 수가 없었다. 저도 모르게 눈길을 돌린 그가 이를 악 물며 주먹을 움켜쥐었다.

오른팔이 엉망이기는 하나, 그에게는 아직 왼팔이 남아 있었다.

마법발현의 후유증으로 오러가 한 차례 흔들린 듯, 오러의 갑주를 사용하기는 어려웠으나, 지금 상태로도 충분히 쿠너의 목을 꺾어버리는 건 무리가 없었다.

"고통 없이 끝내주마."

그 말과 함께 운트가 걸음을 내딛는 순간이었다.

"거기까지."

하나의 그림자가 다 무너져버린 연무장으로 들어서고 있었다.

쿠너에게는 너무도 익숙한 음성이었다. 이곳으로 오기 바로 직전까지 저 목소리를 듣고 있던 까닭이었다. 일순간 밀려든 안도감에 기운이 쭈욱 빠지며 몸이 무너져 내렸다.

그의 곁으로 바람처럼 다가온 그림자가 급히 육신을 받쳐 들었다.

"수고…"

'…하셨습니다.'

그림자, 브로이는 정신을 잃은 쿠너를 조심스레 바닥에 눕힌 뒤, 운트에게로 시선을 돌렸다.

"미치겠군."

황당하다는 얼굴로 운트가 브로이를 마주봤다.

"사실은 여기가 황궁인 거냐?"

정말 환장할 지경이었다.

'무슨 마스터가….'

그의 머릿속으로 이곳으로 오기 전, 기숙사에서 잠시 마주쳤던 청년이 떠올랐다.

'…그 녀석도 마스터였지.'

거기에 더해 눈앞의 브로이까지, 벌써 세 명의 마스터와 만났다. 무슨 아카데미에 별이라고 불리는 마스터들이 세 명이나 있단 말인가.

"돌아버리겠군."

맘 같아서는 당장 정신을 놓고 싶은 심경이었다. 하지만 그레이브의 수장으로써 흔들리는 모습을 보일 수는 없었다.

마스터 한 명 정도는 예상했었다.

아무래도 제국 명문이고 은연중에 황궁도 연계가 되어 있다고 알려진 만큼, 별의 존재는 염두에 둬야만 했다.

어찌어찌 둘 까지는 감당할 자신이 있었다. 그의 능력이라면, 게다가 함께 온 그레이브 정예의 실력이라면, 충분히 가능하다고 여겼다.

하지만,

'…셋이라니.'

이건 예상범주를 한참이나 웃도는 영역이었다.

"후우…."

숨을 고르며 내, 외부를 찬찬히 살폈다.

'무리겠군.'

아무리 생각해도 눈앞에 새로이 등장한 마스터는 만만치가 않아 보였다. 조금 전 상대했던 쿠너보다 윗줄로 여겨졌는데, 그런 상대를 현 상태로 감당하기는 어려울 것 같았다.

'그렇다면.'

혹시나 하며 가정했던 상황을 진행해야 할 때였다.

'정말로 이걸 쓰게 될 줄이야.'

결정을 내리자마자 왼발을 거세게 바닥에 내리찍었다.

쿠웅!

겉으로 보이지는 않았으나, 그 안에는 엄지와 검지 발가락이 교차되어 있었는데, 이 모든 행동들이 마법 발동을 위한 조건이었다.

번쩍!

한 줄기 붉은 광채가 그의 발끝을 타고 오르더니 하늘로 솟구쳤다.

외부에 신호를 보내는 방법으로써, 이번 계획을 준비하며 가면사내가 그의 육신에 새롭게 새긴 마법이었다.

아주 간단한 일회성 마법으로써, 원래의 계획대로 되었다면 함께 온 흑의인들을 통해 좀 더 체계적인 신호를 보냈겠으나, 지금처럼 급박한 상황이 온다면 그의 판단으로 '퇴각'을 명령할 수 있었다.

스릉…

돌연 섬뜩한 예기가 짓쳐드는 걸 느꼈다. 급히 몸을 빼내는데, 어느새 가슴어림에 핏줄이 솟구치고 있었다.

갑작스런 기습을 시작으로 브로이의 맹공이 시작됐다.

'젠장!'

겨우겨우 피해내고 있기는 하나, 몸 상태가 정상이 아닌 까닭에 운트의 동작은 생각 이상으로 굼떴다. 게다가 내상으로 인해 오러를 두르지도 못하니, 상처가 빠르게 늘어가고 있었다.

마법을 사용하는 것 역시 쉽지가 않았다. 비록 문신으로 마법의 술식을 대신하고 있다고는 하나, 마법에 대한 이해가 전혀 없이, 자신의 육체를 아티팩트 삼아 사용하는 마법이었다.

반발작용은 당연했다. 다급한 순간에만 사용하는 이유가 여기에 있었다. 하지만 지금 이대로라면 패배는 불 보듯

뻔한 상황이었다.

'이대로 당할 수만은 없으니.'

단 한번, 그 자신을 미끼로 덫을 놓기로 했다. 의도하지 않아도 상황은 만들어질 터였다. 게다가 상대는 목숨이 아닌, 생포를 목적으로 검을 드는 것 같았다. 그런 만큼 도박의 확률이 높다고 여겼다.

촤촤촤촤악!

순식간에 육신 곳곳에 검광이 지나가며 뜨거운 고통이 밀려들었다.

"크흐으읍!"

아찔한 통증에 신음성과 함께 휘청거리는 그 순간이었다. 치명적인 일격이 그의 왼쪽 어깨를 향해 날아드는 게 아닌가. 위기의 순간이었으나, 오히려 기다리던 상황인 까닭일까? 거짓말처럼 정신이 말짱해지며 입안에만 굴리던 외침이 튀어나왔다.

"실드!"

쩌-엉!

묵직한 울림이 왼 어깨 위에서 터져 나왔다. 그리고 이로 인해 일순간 밀려든 거대한 반탄력에 당황한 듯, 휘청이는 브로이의 모습이 보였다.

'지금!'

마법으로 보호받고 있었음에도 어깨에 전달된 타격에,

왼 팔을 사용하는 건 무리라고 여겼다. 때문에 전력으로 몸을 던졌다.

거구를 이용한 몸통박치기가 그대로 브로이의 신형을 짓누르려는 순간이었다.

덜컥…

일순간 시야가 돌아간다는 느낌과 함께, 운트의 무릎이 꺾였다.

쿠웅!

육중한 소리와 함께 그의 육체가 바닥을 뒹굴었다.

"끄응….."

그와 함께 넘어지며 밑에 깔렸던 브로이가 앓는 소리와 함께 밖으로 기어 나왔다.

"위험했네. 휘유~!"

안도의 한숨을 내쉰 그가 바닥에 너부러진 운트를 바라봤다.

"그 순간에 마법이라니."

상황은 이러했다.

몸통 박치기를 피하기는 늦었다고 여긴 브로이가, 최대한 힘의 흐름에 몸을 내맡기며 발을 뻗어 올렸다.

온몸을 비틀며 신형을 던진 까닭일까? 운트는 차단된 시야에서 올라온 발차기를 놓쳐버렸고, 결국 턱을 내줘야만 했다. 그리고 이 뜻밖의 일격에 뇌가 흔들리며 그의 거구가 무너진 것이다.

브로이는 운트가 정신을 잃었다는 걸 확인하고 난 뒤에야 어깨의 힘을 풀 수 있었다. 잠시 숨을 고르는 그의 머릿속으로 하나의 가정이 떠올랐다.

'만전의 상태였다면.'

그랬다면, 조금 전 그의 발차기가 제대로 먹히지 않았을지도 모른다는 생각이 들었다.

"후우우우…."

길게 내쉬는 숨결 속에 희미한 혈향이 묻어나왔다. 조금 전 그 몸통박치기에 내부가 상한 것이다. 갑작스런 마법발현이 너무도 의외였던 까닭에, 오러로 몸을 보호했음에도 작게나마 내상을 입어야만 했다.

"슬슬 끝인가."

한 차례 운트를 바라보던 브로이의 시선이 연무장 바깥으로 향했다.

❖

차선책을 발동한 게 현명한 선택이었던 듯, 얼마 지나지 않아 솟구친 신호탄에 가면사내는 이를 악물어야만 했다.

'카이스테론!'

새삼 그 명성을 실감한 정도를 넘어, 아예 뼛속깊이 새겨졌다.

최선을 실패한 지금, 차선마저 실패할 수는 없었다.

"희생을 각오해야 할 때인가…."

이를 악 물던 그가 통신구를 손에 들었다.

❖

제국의 수도 크라베스카의 날이 밝았다.

언제나와 다를 것 없는 하루였으나, 어제와는 다른 공기
가 거리 가득 떠돌고 있었다.

아카데미 습격사건!

대륙 최고의 안전지대라고 여겨지던 수도 안에서, 상상
을 초월하는 대규모 전투가 발생한 까닭이었다.

그리고 더욱 놀라운 사실은 아직도 이 사건이 진행 중에
있다는 점이었다.

귀족 아카데미!

제국의 수많은 귀족들이 배움을 쌓는 아카데미들을 중
점적으로, 의문의 무리들이 침입을 했고, 지금은 아카데미
의 학생들을 인질로 삼은 채 농성중이라는 것이다.

수도의 주민들이 충격에 빠져 있을 때, 또 다른 놀라운
소식이 날아들었다.

카이스테론 아카데미!

그곳 역시 습격을 받았다는 것인데, 놀랍게도 그들은 귀족 아카데미와 달리 역으로 습격자들을 인질로 잡았다는 내용이었다.

〈과연, 카이스테론!〉

수도의 주민들은 일제히 그들의 대단함을 입에 올리는 한편, 귀족들의 움직임에 귀를 기울이기 시작했다.

비록 과거와는 그 위치가 달라졌다고는 하나, 귀족 아카데미는 여전히 귀족들만의 '공간' 이었기 때문이다. 그런 그곳이 외부침입자들의 흙발로 인해 더럽혀진 상황이었다. 귀족들의 행보가 궁금해 질 수밖에 없었다.

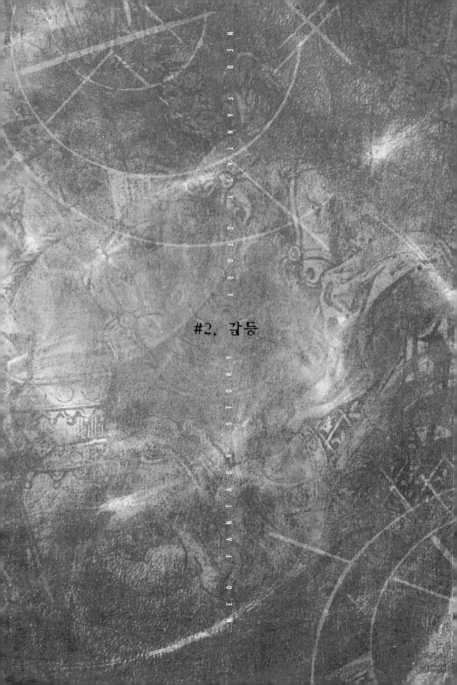

#2. 갈등

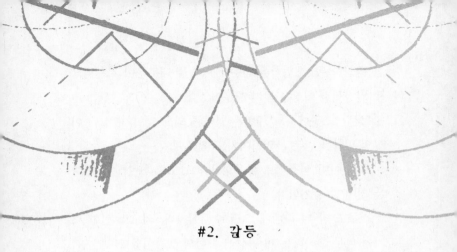

#2. 갈등

이레나에게 있어서 지난밤은 심각한 충격의 순간이었다. 대륙에서 가장 안전할거라 여겨졌던 제국의 수도, 그것도 무려 명문 카이스테론에서 습격사건이 발생할 줄이야. 상상치도 못한 일이었기에 더욱 놀랄 수밖에 없었다.

하지만 그보다 더욱 그녀를 경악하게 만들었던 건 따로 있었다.

케빈 반트!

그녀의 룸메이트인 메리의 오라비로써, 남다른 외모로 인해 학기 초반에 아카데미를 떠들썩하게 만들었던 사내였다.

제법 실력이 있는 학생이라는 건 알고 있었다. 아카데미를 졸업한 뒤, 재입학을 하는 케이스들 대부분이 기본적으로 일정실력 이상은 되기 때문이었다.

물론, 그 중에서도 케빈은 남다른 외모 탓인지, 실력 이상의 평가를 받는 분위기이기도 했다.

그가 이미 익스퍼트에 올랐을지도 모른다는 말이 있다는 것이 그 증거였다.

스물도 안 된 나이에 그런 수준이라니. 외모로 인한 평가가 너무 후하다는 게 평상시 그녀의 생각이었다.

'그게 아닐 줄이야.'

지난 밤 습격사건으로 인해 그를 보는 관점이 바뀌어버렸다.

익스퍼트?

그 수준에 이른 건 침입자들이었다. 그들의 검에 피어났던 오러를 눈으로 보았기에 더욱 확신할 수 있었다. 그리고 이런 침입자들을 너무도 손쉽게 처리하던 케빈의 모습도 봐 버렸다.

외모로 인한 실력 이상의 평가?

'오히려 그 반대였나….'

그러며 새로운 관점에서 그를 평가해봤다.

'마스터….'

스물도 넘지 못한 그의 나이로 인해, 아닐 거야. 설마! 아니겠지. 하는 마음이 들다가도, 지난 밤의 모습이 뇌리

에 남아, 자꾸만 '마스터'와 '별'이라는 단어를 떠올리게
만들었다.

게다가 충격적이던 건 이걸로 끝이 아니었다.

메리 반트!

별이라고 여겨질 법한 실력을 보여줬던 케빈에게는 못
미치겠으나, 그녀 역시도 알려진 것 이상의 능력을 보여주
었다.

케빈의 외침에 다시 기숙사 안쪽으로 들어가던 그녀들
이었으나, 결국 흑의인과 조우해야만 했는데, 그들은 케빈
이 도착하기 전 먼저 기숙사 방향으로 발길을 하던 이들이
었다.

그 숫자는 겨우 3명뿐이었으나, 하나같이 익스퍼트급에
오른 실전파 실력자들로써, 이레나와 같은 1학년생들이 상
대하기에는 무리가 있는 이들이었다.

하지만 애써 스스로를 다독이며 그들에게 검을 날렸다.
당연하게도 역부족일 수밖에 없었다.

메리가 나선 건 바로 그 때였다.

'…그 기이한 체술!'

인상적이다 못해 뇌리에 콱 하니 박히던 그녀의 몸놀림
이 자꾸만 머릿속을 맴돌았다. 그 어디에서도 본 적 없던
독특한 발기술이 특히 인상적이었다.

케빈과 메리 그들 두 남매에 대한 인식이 새롭게 새겨

지는 순간이었다.

◈

몬스터 침공을 시작으로 아카데미 습격사건까지, 황궁
의 대전은 전쟁 이후로 10년여 만에 아주 뜨겁게 달궈지고
있었다.

하루가 머다 하고 이뤄지는 대회의가 얼마만이던가. 마
치 과거의 제국전쟁 시절이 생각날 만큼, 귀족들의 머리는
좀처럼 식혀질 틈이 없었다.

"당장 기사단을 움직여 저 불순한 무리들을 몰아내야
합니다."

"말도 안 되는 소리! 제국의 미래라고 할 수 있는 우리
아이들의 안위가 걸린 상황인 만큼, 좀 더 신중히 생각하
고 결정할 일입니다."

대전의 분위기는 아주 떠들썩했다. 당연한 일이었다. 이
곳에 있는 이들 대부분이 귀족 아카데미와 깊은 연관이 있
기 때문이었다.

당연하게도 이 안에서도 부류가 나뉘어졌다.

귀족 아카데미에 자제를 보낸 이들과 친인척들을 보낸
이들의 차이였다. 그리고 이 차이가 귀족들 간의 대립에
불을 지피고 있었다.

물론, 권력의 중심지답게, 친 혈육이 위기에 처한 상황임에도 강경을 주장하는 이들이 존재하기는 했다.

이런 복잡한 분위기로 인해, 대전의 공기는 한층 가열되어갔고, 자연스럽게 회의는 중구난방으로 들끓는 흐름으로 이어졌다.

'이 정도면 나쁘지 않군.'

마르셀론 공작은 대전의 변화를 차분히 살피며 이후 이어질 계획들을 떠올려봤다.

'우선은 지방 귀족들을 선동하는 건가.'

최고의 그림은 카이스테론을 점령한 뒤, 이를 통해서 타국의 요인들을 압박하는 것이었으나, 안타깝게도 더 이상실현 불가능한 상황이었다.

그나마 다행인 건, 차선으로 계획했다는 귀족 아카데미점령이 성공했다는 것이다.

귀족 아카데미에는 다양한 귀족가의 자제들이 있었다. 이곳 대전에 모여 있는 중앙의 고위인사들 외에도, 지방귀족가의 자제들 역시 상당수가 공부를 하고 있었다.

중앙의 귀족들보다 한층 끈끈한 혈족중심의 운영을 하는 이들이 지방귀족들이었다. 아마 그들의 자제를 인질로분위기를 조성한다면, 지방귀족들 사이에 커다란 혼란이올 것이 분명했다.

특히, 그들 중에서도 칼레이드 왕국이 아닌, 타국에서

왕국으로 넘어와 제국의 영광을 누리는 귀족들을 중점적
으로 흔들 생각이었다.

'잘 해줘야 할 텐데.'

자연스레 가면사내의 얼굴이 떠올랐다.

❖

설마설마 했던 사건이 발생해버렸다.

'그분이 잡히다니.'

가면사내는 믿기 어렵다는 얼굴로, 연신 지끈거리는 머
리를 두드려야만 했다.

그레이브의 수장인 운트가 카이스테론에 붙잡혔다!

이는 그에게 있어서 믿기 어려운, 믿을 수 없는 이야기
였다. 그도 그렇게 스스로도 이해하지 못할 만큼, 상상을
초월하는 실험으로 탄생한 게 바로 운트였다.

계획의 설계자인 바탐의 설명 덕분에 이러이러하다는
정도만 알고 있을 뿐으로써, 한 때 그 뛰어난 머리로 유명
새를 떨쳤던 그도 제대로 이해할 수 없을 만큼 엄청난 술
식이었다.

이 때문에 운트를 믿는 마음 역시도 컸다.

'최악의 상황이 발생하더라도 그분만은 무사하실 거라
고 믿었건만…'

여러모로 계획이 비틀어져 버린 것이다.

게다가 더욱 골치 아픈 건, 제국 내에 그들이 잡아놓았던 거점이 역으로 습격당했다는 점이었다.

물론, 거점을 여러 장소에 두고 있던 까닭에, 바로 새로운 자리를 잡을 수는 있었다. 하지만 그럼에도 불구하고 긴장을 하는 이유는 지난 새벽 침입자의 정체 때문이었다.

'마스터…'

단 한명의 상대였으나, 거점이 초토화되기에는 충분한 강적이었다.

"카이스테론이겠지…."

그쪽에서 퇴각했던 이들을 쫓아 온 것으로 추정됐다.

"누굴까?"

얼굴을 가리고 있었던 탓에, 그 정체를 파악하기가 쉽지 않았다. 단 하나 기억나는 건 초반에 잠시 밝혀졌던 상대의 목소리였다.

〈누가 머리냐?〉

마치 소년이라고 생각될 만큼 어린 음성!

물론, 소년일 것이란 생각은 하지 않았다. 독특한 목소리를 지닌 마스터의 존재를 머릿속으로 찾아 봤으나, 안타깝게도 나오는 이가 없었다.

새로운 별!

그 정도가 지금까지 내어놓을 수 있는 결론이었다.

지난 밤 결심했던 '희생양'들의 도움이 아니었다면, 아마도 그는 침입자의 손길을 피하기 못했을지도 몰랐다.

운트를 개조하던 실험을 토대로 새롭게 만들어낸 단기 강화 병사들. 생명력의 고갈을 대가로 한계 이상의 힘을 내비치는 이들이었다.

최선은 실패하고, 때 아닌 희생양들의 전선투입까지.

이해득실을 따져 봤을 때, 득보다 실이 컸다는 생각이 들었다. 그리고 이 부분 때문에 더욱 머리가 아픈 것일지도 몰랐다.

하지만 그렇다고 해서 쉴 수는 없었다. 이미 그레이브는 전면에 나섰고, 복수를 위한 질주는 본격적으로 가속화되고 있었다.

"후우…."

한 차례 깊은 한숨으로 두통을 몰아내며, 변경된 계획에 맞춰 새로운 설계를 준비해갔다.

◈

따갑게 내리쬐는 눈빛에 절로 입술이 삐죽 튀어나왔다.

"잘 하는 짓이다."

거기에 이처럼 속을 긁는 한마디가 더해지니, 제대로 울화통이 터졌으나, 안타깝게도 이를 내비칠만한 기력이 없었다.

"명색이 마스터라는 놈이, 꼴이 아주 우습다 우스워!"

하지만 연달아 쑤셔드는 스승 오르카의 타박에 결국 참지 못한 듯, 카이든이 지친 기색이 역력한 목소리로 힘겹게 입을 열었다.

"설마, 그런 괴상한 놈들이 있을 거라고 누가 생각이나 했겠습니까. 솔직히 마스터니 뭐니 해 봤자. 쪽수 앞에는 답 없습니다."

"겨우 백 명도 안 되는 놈들한테 당하고서는 쪽수? 창피한 줄 알아라."

"끄응… 겨우라고 하기에는 좀 그렇던데."

지난 밤, 카이든은 조용히 침묵하며 상황을 지켜보다, 습격자들이 퇴각하는 모습에 그들의 뒤를 밟았었다.

제법 끈질기게 뒤를 쫓았고, 결국 저들의 거처로 보이는 장소를 발견할 수 있었다. 고민 끝에 그 안으로 발을 들였고, 재수가 없었던지 알람마법에 걸려 발각되기에 이른다.

"들켰으면 신속하게 몸이나 빼낼 것이지. 뭐? 누가 머리냐? 에휴~! 너를 어쩌면 좋니."

오르카의 타박처럼 카이든은 정체 발각 후, 오히려 잘됐다는 듯 드러내놓고 움직였다.

"열심히 거기까지 갔는데, 아무것도 안 하고 나오기는 그렇잖아요."

카이든의 변명에 오르카가 고개를 절레절레 흔들었다.

"끄응… 너무하시네. 그래도 초반에는 괜찮았잖아요."

아카데미에서 퇴각했던 이들이 먼저 그에게 달려들었다. 전부 복귀한 게 아닌 탓에, 그 수가 많지는 않았다. 이를 보충한 것이 저들의 거처에 대기하고 있던 전력이었다.

하나같이 익스퍼트급의 실력자들로써, 결코 만만치 않은 강자들이었으나, 별의 영역에 오른 카이든은 무리 없이 그들을 파헤쳐갔다.

'조금 더 경험이 많았더라면.'

독설과 달리, 카이든을 바라보는 오르카의 눈빛은 안타까움으로 물들어 있었다.

그녀는 카이든의 보호자 역할인 만큼, 당연하게도 카이든의 행보를 일일이 지켜보며 뒤를 따랐었다.

때문에 당시 상황의 결정적 문제점을 알 수 있었다. 하지만 결코 강조하며 지적할 수가 없는 부분이기도 했다.

생과 사!

상대의 심장을 찌를 수 있는 독기!

경험은 오르카의 가르침도 있고, 스스로가 지닌바 실력도 있기에 보완이 가능했으나, 적을 말살하는 독기는 아직 어렵다 여겼다.

이제 겨우 10대 초반의 아이에게 그런 부분까지 가르치고 싶지는 않았다.

사람의 생을 끊어보지 못했기에, 결국 카이든은 달려드는 적들을 무력화만 시켰고, 이 사태는 저들을 한층 대담하게 만들었다.

'거기까지는 괜찮았지.'

이어진 장면은 오르카에게도 충격적이었다.

"익스퍼트급의 기사를 한순간에 마스터로 만들다니… 그게 대체 뭘까요?"

카이든의 물음에 마땅히 해 줄 수 있는 대답이 없었다. 그녀 역시도 처음 보는 경우였기 때문이다. 가문의 오랜 역사 속에서도 겪어보지 못한 상황이었다.

하지만 그렇다고 해서 카이든을 위로해 줄 마음은 없었다.

"어차피 반쪽짜리일 뿐이었어. 그런 놈들에게 애를 먹다니. 너도 아직 멀었다. 한참 멀었어."

일순간 마스터급의 오러를 내비쳤으나, 그 기운을 제대로 정제하지도 못했던 걸 떠올려 본다면, 결국 익스퍼트의 경계에서 허덕이는 수준이었다.

하지만 갑작스런 상황에 당황했던 까닭일까? 결국 카이든은 저들에게 밀려버렸고, 적잖은 피해를 입은 채 도망치듯 그곳을 떠나와야만 했다.

"멍청한 놈!"

때문에 오르카는 더욱 호되게 쓴 소리를 할 수밖에 없었다. 거기에는 지난 경험을 뼛속 깊이 새겨, 다음에는 이 같은 상황을 만들지 않기를 바라는 마음이 가득 담겨 있었다.

"끄응…."

문득, 카이든이 앓는 소리를 내며 자리에서 일어나는 게 보였다. 그 모습에 오르카가 눈살을 찌푸리며 물었다.

"뭐하게?"

"수업 받으러 가야죠."

"미쳤구나? 그 몸으로?"

옷으로 가려져 있으나, 몸 곳곳에 칼자국이 나 있었고, 안쪽으로도 적잖은 내상을 입은 상태였다.

"죽을 정도는 아니니까요."

그러며 팔을 휙휙 돌리는데, 통증이 느껴지는지 표정이 좋질 않았다.

"게다가 선생님한테 당하던 것에 비하면, 이 정도는 충분히 참아낼 수 있어요."

기어이 고집을 부리는 카이든의 모습에, 결국 오르카도 양손을 들 수밖에 없었다.

'그나저나… 이 소식을 어떻게 전한다. 에휴….'

제튼에게 지금 상황을 전할 생각을 하니, 자꾸만 한숨이 나올 것 같았다.

지난 밤, 케빈은 갑작스런 사건 덕분에 그동안 감춰뒀던 실력을 내보여야만 했다.

하지만 운이 좋았다고 해야 할까?

유난히 부족했던 달빛 덕분인지, 당시 그의 얼굴을 제대로 확인한 이들이 없던 것이다.

게다가 여자기숙사의 학생들 중, 대부분이 방 안에 남아 있었고, 혹여 방을 나선 학생들도 창 너머로 보이는 바깥 풍경에, 건물 외부로는 선뜻 나오려 하지 않았다.

덕분에 그의 활약을 아는 이들은 극히 소수였고, 그 중에서도 그의 정체를 확인한 이들은 메리의 룸메이트들 뿐이었다.

'그나마 다행이지.'

케빈은 그리 생각하며 안도의 한숨을 내쉬었다. 지난밤에는 원 없이 실력을 내비쳤었고, 그 때문에 더욱 크게 걱정할 수밖에 없었다.

열아홉 나이에 별의 영역에 올랐다?

'생각만 해도 머리가 아프려고 하네.'

물론, 그보다 어린 마스터가 있기는 했다. 그것도 아주 가까운 곳에,

'이든의 존재가 알려지면, 정말 골 때리겠지.'

둘 다, 역사상 유례없는 나이에 경지를 이룬 만큼, 고위 귀족들이 가만 두려고 하질 않을 터였다. 매번 찾아와 끌어들이려 할 것이고, 때때로 비겁한 방법으로 그들을 위기에 빠트리려 할지도 몰랐다.

바로 그 '비겁한' 방법에 여동생이 포함되어 있을 수도 있다는 점, 그게 케빈으로 하여금 실력을 숨기도록 하는 것이었다.

"훗!"

문득, 케빈이 작게 실소하며 고개를 흔들었다.

감추고 또 숨긴다.

굳이 의도하진 않았으나, 어쩌다보니 이렇게 흘러버린 상황 속에서, 이 삶의 대표주자가 자연스레 떠올라 버렸다.

'아버지⋯.'

제튼 반트!

비록 친 혈육은 아니라고는 하나, 오랜 세월을 아버지와 아들로써 지내 온 까닭일까? 자연스레 부친의 습관이 그의 몸에도 배어버린 걸지도 모른다는 생각을 잠시 해 버렸고, 그 때문에 웃음이 튀어나온 것이다.

'그나저나⋯아버지는 이 일을 아시려나?'

거기까지 생각하던 그는 또 다시 실소를 해야만 했다.

바로 전날 밤에 발생했던 사건이었다. 제국 수도에서 한참이나 떨어진 동쪽의 외진 동네, 아루낙 마을에 이 소식이 닿기에는 시간이 많이 부족했다.

"어떤 반응을 하실지…."

딸 바보인 제튼이 메리가 위험했다는 이야기를 듣고 어찌 반응할지 생각하니, 조금은 걱정이 되기도 했다.

"설마, 수도로 찾아오시는 건 아니겠지."

그럴 확률이 높다는 생각에 또 다시 실소가 나와 버렸다.

◈

혹시나 했더니 역시나라고 해야 할까?

'결국, 사건이 일어났나.'

제튼은 오르카와의 통신마법으로 제국 수도의 아카데미 습격사건을 전해 들었다.

특히, 케빈과 메리 그리고 카이든에 관해서는 아주 상세히 들을 수 있었는데, 그 중에서 그의 가슴을 가장 크게 두드렸던 건, 역시나 카이든과 관련된 사건이었다.

'부상이라….'

정작 걱정하던 메리는 무사했건만, 경지에 올라 이제는 괜찮겠거니 했던 카이든이 크게 다쳤다는 것이다.

이야기를 듣자마자 수도로 향할까하는 마음도 들었으나, 이내 고개를 흔들며 마음을 다스렸다.

카이든 라 브라만 칼레이드!

다음 대 제국의 주인이 될 이름이었다.

이 정도의 고통과 시련은 앞으로도 수시로 찾아올 터였다. 사지로 밀어 넣는 걸 의도하며 키울 생각은 없었다. 하지만 굳이 다가오는 시련을 회피시켜, 온실 속 화초처럼 키울 생각도 없었다.

'지금은 스스로 생각해야 할 때다.'

게다가 바로 곁에 뛰어난 스승도 함께하고 있지 않은가.

'나는 멀리서 지켜만 볼 것이다.'

그렇게 결론을 내렸다.

하지만 내심 화가 제법 쌓여있던 상황이었다. 특히, 그의 첫 제자인 쿠너마저도 크게 부상을 입었다는 소식이 더해져 있었기에, 가슴속 열기가 쉬이 식질 않았다.

"이런 때에 다행이라고 해야 하나."

제튼은 그리 중얼거리며 전방을 바라봤다. 흑발에 흑안을 한 여덟 명의 사내가 보였다.

"속풀이 상대가 이렇게 많이 모여주다니."

입 꼬리가 슬쩍 위로 향했다.

드래고니안!

제국 수도의 소식에도 불구하고, 여느 때처럼 그레이브를 뒤집기로 결정을 내리고 움직였다.

수도에 등장한 이들 역시도 그레이브라는 이야기를 들었으나, 그곳은 가지 않기로 한 까닭에, 일부러 제국 바깥으로 발길을 했고, 서대륙의 파이튼 왕국까지 와 버렸다.

그리고 그를 기다리고 있는 저들을 보았다.

"한동안 안 보인다 싶었더니, 이런데 모여 있었나?"

그의 물음에 사내들 중 가장 덩치가 왜소한 사내가 입을
열었다.

"반갑다고는 못 하겠군."

"뭐, 그렇겠지."

"브라만 대공인가?"

"알면서 뭘 굳이 묻고 그래."

"레임이라고 한다."

왜소한 사내, 레임이 간단히 자신을 소개하고는 유심히
제튼을 바라봤다.

'브라만 대공.'

그들 드래고니안에게 굴욕감을 맛보게 한 사내가 눈앞
에 있었다.

자존심이 상하는 이야기였으나, 결코 혼자서는 상대할
수 없기에, 지금처럼 다수가 모여 그를 기다렸다.

이미 그레이브의 정예들은 제국 주변으로 자리를 옮긴
상태로써, 제국 외부 거점들의 절반가량은 제튼을 낚기 위
한 미끼로써 남겨둔 게 대부분이었다.

"뭘 그렇게 쳐다봐. 할 말 없으면 본론으로 들어갈 것이
지."

문득, 제튼이 그 말과 함께 기운을 끌어올리는 걸 느꼈다. 레임이 동료들에게 신호를 보냈고, 약속이나 한 듯 일제히 마력을 일으키기 시작했다.

막 전투가 시작되려는 찰나,

"하나만 묻자."

제튼이 질문을 던져왔다.

"도대체 너희는 몇 놈이나 있는 거냐?"

'놈'이라는 단어가 맘에 들지 않았으나, 레임은 애써 이를 삼켜 넘기며 입을 열었다.

"우리가 마지막이다."

그 순간 제튼의 눈에 불이 들어왔다. 하지만 레임의 이야기는 끝난 게 아니었다.

"대륙에서 활동할 수 있는 건 우리가 끝이다."

틈새를 지키기 위한 조치였다. 그곳을 지키려면 그들의 힘 역시도 적잖게 필요했기 때문이었다.

'뭐, 그런 건 상관없지.'

그저 저들을 더 이상 볼 필요 없다는 게 중요했다.

"오늘 우리는 네 목숨을 거둘 것이다."

레임의 말에 제튼이 어깨를 으쓱이며 말했다.

"가능하다면 얼마든지."

너무도 태연한 제튼의 모습에, 레임이 잠시 그를 노려봤다. 다시금 긴장감이 쌓이며 전장의 공기가 밀려들려는 찰나였다.

"하지만… 만약."

닫혔던 레임의 입이 재차 열리는 게 아닌가.

"우리가 패배한다면."

물론, 가정일 뿐이었다.

"그분께서 너를 찾아갈 것이다."

그 말에 잠시 제튼의 머릿속에 하나의 이름이 떠올랐다.

'데카르단.'

제튼 역시도 만만히 여길 수 없는 존재였기에, 잠시간 그의 얼굴에서 여유가 사라졌다.

그리고 이 찰나의 순간 레임의 마력이 움직였다.

화아아악!

동시에 주변 일대가 희뿌연 안개에 휩싸였다.

'마법진인가.'

전신을 짓누르는 무게감에 눈살을 찌푸리는데, 기이한 장면이 그의 시야에 잡혔다.

레임의 뒤로 늘어서 있던 일곱의 사내들이 일제히 지친 기색으로 바닥에 주저앉은 채, 숨을 헐떡이고 있는 게 아닌가. 그러더니 이내 안개에 휩싸이며 자취를 감춰 버렸다.

그와는 대조적으로 레임의 표정은 너무도 혈색이 넘쳐 보였고, 이 흐릿한 안개 속에서도 한층 선명해진 느낌이

들었다.

여덟의 힘을 한명에게 몰아주는 그들의 마법진으로써, 이를 통해서 잠시지만 감히 그들 혈족의 주인에게도 닿는다고 자부하는 비기였다.

틈새를 침입하는 강렬한 불청객들을 상대하고자, 필요에 의해서 탄생한 생존의 마법이기도 했다.

제튼 역시도 이러한 부분들을 일부나마 짐작할 수 있었는데, 너무도 급격하게 커져버린 기운의 변화로 인해 모를 수가 없었다.

'…기운이 커져?'

문득, 오르카와의 통신 내용이 떠올랐다.

〈익스퍼트가 마스터로 변하더라.〉

오랜 역사를 자랑하는 가문의 지식을 전부 습득한 오르카도 의문만을 내비쳤던 이야기였다.

하지만 제튼에게는 전혀 낯설지 않은 내용이었다. 무림이라 불리는 천마의 세상에는 그와 비슷한 연공술이나 비약들이 상당수 존재했기 때문이었다.

때문에 천마의 잔재가 아닐까 하는 생각을 잠시 하기도 했었다. 하지만 지금 저 변화를 보고 있으니, 그게 아닐지도 모른다는 생각이 들었다.

'설마…'

제튼이 두 눈을 얇게 뜨며 레임을 바라봤다.

당해도 아주 제대로 당해버린 듯, 쿠너는 침대에서 제대로 일어나기도 어려운 몸 상태였다.

치료사뿐만 아니라, 신관을 통해서도 치유를 받은 상태였는데, 그럼에도 불구하고 쉬이 움직일 수가 없었다.

신관의 말을 빌리자면, 적어도 일주일은 성력으로 치유를 받아야 거동이 가능할 거라고 했다. 대신관이 직접 움직여 준다면 모르겠으나, 안타깝게도 교환교사로 온 쿠너의 위치로는 그들을 만나는 게 쉽지가 않았다.

'패배라니….'

허탈한 심경이 들기도 했으나, 스스로가 최강이라고 여기지 않는 까닭에, 정신적인 회복은 그리 오래 걸리지 않았다.

'제튼 선생님께 패배한 횟수는 손으로 셀 수도 없으니까.'

나름 긍정 마인드를 지닌 채, 지난 밤의 전투를 찬찬히 복기해봤다.

부친의 상행을 통해, 실전 경험이 제법 있기는 했으나, 비슷한 실력의 강자와는 처음 치러보는 실전이었다. 그에게는 여러모로 큰 성장의 발판이 되어 줄 거라고 여겼다.

그렇게 전날의 일을 생각하고 있는데, 문득 방문이 열

리는가 싶더니, 익숙한 얼굴이 안으로 들어오는 게 아닌가.

브로이 플컨.

이곳 카이스테론 아카데미의 정식 교사이자, 무려 그의 스승인 제튼의 밑에서 일했다는 의문의 실력자였다.

"오셨습니까."

쿠너가 힘겹게 허리를 세우면서 인사를 하자, 급히 다가온 브로이가 그를 부축했다. 그의 부상이 심각하다는 걸 알기 때문이었다.

"무리하지 말게."

그러면서 쿠너를 다시 침대에 눕히는데, 쿠너의 눈이 유난스레 그를 직시하고 있다는 걸 깨닫고는 의문을 표해야만 했다.

"뭐… 할 말이라도 있나?"

쿠너가 작게 고개를 끄덕이며 물었다.

"전날 밤에, 제튼 선생님 밑에서 일하셨다고 하셨는데, 그 이야기를 들을 수 있을까요?"

쿠너에게 있어서는 전날 밤 사건의 결과보다도 더욱 궁금한 이야기였다.

워낙 기이한 타이밍에 사건이 발생하는 바람에, 이와 관련된 이야기는 하나도 듣질 못했었다. 때문에 지금 이 시간을 이용해 듣고자 하는 것이다.

"그분에 대한 이야기라…."

브로이가 잠시 턱을 쓸며 고민에 잠겼다. 쿠너의 눈가에 언뜻 떠오른 기대의 감정들이 눈에 들어왔다. 그가 쓰게 웃으며 말했다.

"미안하네."

제튼이 스스로를 감춘 채 살아가고 있다는 걸 알기에, 섣불리 그에 대한 이야기를 입에 올릴 수가 없었다.

하지만 동시에 그 제자인 쿠너에 대한 예우도 차려주고 싶었다.

제튼의 제자이며, 동시에 그의 동료인 최초의 기사들에게 다시 빛을 쬐어줄지도 모르는 존재가 아니던가.

"그분과 약속한 게 있어서, 입에 올릴 수가 없다네."

표정으로 드러내려 하지는 않았으나, 눈빛에 깃든 실망감이 눈에 확 와 닿았다.

"하지만… 나에 대해서는 조사하다 보면, 뭔가 알 수 있지 않겠나."

"…아!"

생각해보니 그런 방법도 있었다. 쿠너가 눈을 동그랗게 뜨는가 싶더니, 이내 감사의 눈짓을 보내왔다.

브로이가 웃으며 이를 받아주었다. 그렇게 잠시 눈인사를 나눈 뒤, 브로이가 슬쩍 새로운 화젯거리를 꺼내들었다.

"그나저나… 안 궁금한가?"

뜬금없는 그의 이야기에 쿠너가 의문을 내비쳤다. 그러자 브로이가 바로 답을 내어줬다.

"운트."

짧은 한 마디.

쿠너의 표정이 살짝 굳어졌다. 대범하게 패배를 받아들이려 하고 있으나, 이제 겨우 하루 전 일이었다. 아직까지는 그 충격이 가슴에 남아있는 시기였다.

"그는… 어떻게 됐습니까?"

조심스런 쿠너의 물음에 브로이가 고개를 절레절레 흔들며 답했다.

"암굴에 있다네."

"으음…."

일종의 은어로써, '고문실'을 뜻하는 단어였다.

어찌 되었건 그에게 패배를 안겨준 사내가 아니던가. 그런 이가 비참한 상황을 겪고 있다는 소릴 들으니, 기분이 썩 좋지만은 않았다.

쿠너가 다시금 질문을 던졌다.

"…어찌 될 것 같습니까?"

그 물음에 잠시 주저하던 브로이가 작게 한마디를 던졌다.

"사형일 거야."

"…이유를 들을 수 있겠습니까?"

브로이가 쓰게 웃으며 답했다.

"자네는 아직 모르겠지만, 지난 밤, 수도의 다른 아카데미도 우리처럼 습격을 받았다네."

하필이면 그게 귀족 아카데미라는 점이 문제였다. 수많은 귀족들이 카이스테론에서 잡은 인질들에게 분노를 쏟으려 하고 있었다.

잠시 침음성을 내비치던 쿠너가 재차 물었다.

"그의 정체에 관해서는 밝혀냈습니까?"

"아직까지는 알아내지 못했네."

암굴에 든지 얼마 되질 않았기에 당장 알아낸 건 많지가 않았다.

"한 가지 확실한 건, 지난 밤 습격했던 무리를 이끄는 건 그자가 확실하다는 거지."

브로이는 아카데미 전 지역에 걸쳐서 습격자들을 처단했었다. 마법학부는 교장이 직접 나섰기에 발을 들일 이유가 없었으나, 그래도 감각만은 열어놓은 상태였다.

때문에 확신할 수 있었다.

별의 영역에 오른 실력자는 운트 뿐이었다. 게다가 그가 보낸 신호에 맞춰, 습격자들이 일제히 퇴각을 하던 걸 확인했다.

"자세히는 모르겠지만, 저들 습격자들의 본체에서도 아마 높은 위치에 있을 거라고 예상되네."

"그렇겠지요."

무려 마스터라 불리는 존재였다. 게다가 보고 있는 것만으로도 압도되는 그 어마어마한 오러량은 또 어떠한가. 과연 그런 강자가 또 존재할까 싶을 정도였다.

'선생님….'

그의 스승인 제튼 정도는 되어야 그를 압도할거라는 생각이 들었다.

"직접 말을 하지는 않았지만, 자네와 그의 전투가 벌어졌던 연무장의 풍경은 이미 알만한 사람은 다 아네."

또한, 당시에 수도 전역을 울렸던 거대한 천둥소리도 있었다. 수준에 오른 기사들의 감각은 그게 보통의 천둥소리가 아니라는 걸 인지했을 터였다.

때문에 이를 토대로 운트에 대한 최소한의 정보 정도는 추측해낸 상황이었다.

"분명한 건, 그가 높은 위치에 있다는 거고, 그 때문에 오히려 귀족들의 분노가 그에게로 집중되고 있다는 것이라네."

물론, 절대적으로 사형을 외치는 건 아니었다.

"그를 인질로 다른 아카데미의 습격자들과 협상을 벌이려는 준비도 되어 있다네."

"그렇…군요."

복잡한 심경이었다. 그런 위험한 자가 다시 풀려날지도 모른다는 생각에 걱정이 들면서도, 그와 한 번 더 실력을 나눌 수 있을지도 모른다는 생각에 다행이라는 마음이 들기도 했다.

"그들, 그레이브라는 단체가 정확히 어떤 집단인지는 알려지지 않았네. 하지만 이번 습격사건으로 제국에 적대적인 집단이라는 건 확실히 알 수 있었지."

"아카데미측의 피해는 어떻습니까?"

쿠너의 질문에 브로이가 쓰게 웃으며 대답했다.

"다행히 학생들은 피해가 없네. 다친 아이들이야 좀 있지만, 애초에 인질로 잡을 생각이었는지, 부상도 심각한 게 아니라더군."

그렇다면 어째서 표정이 저리 어두운 것일까?

"흑표 기사단의 피해가 컸군요."

"뭐… 그렇지. 그레이브란 놈들이 원한 건, 학생들이지 그들을 이끄는 교사나 호위가 아니니까."

"선생님들도 다친 겁니까?"

한층 어두워지는 표정에서, 부상 정도가 아니라는 걸 알 수 있었다.

"재수가 없었지. 하필이면 실력자들이 몬스터 토벌 인솔자로 죄다 빠져버렸으니."

물론, 브로이라는 존재가 있었기에 가능한 일이었으나, 안타깝게도 상대는 그 혼자서 감당하기에는 너무 거대했다.

　"어쩌면… 이 상황을 노리고 들어 온 것일지도 모르겠군요."

　쿠너의 추측에 브로이 역시 고개를 끄덕였다. 타이밍이 너무 절묘했기 때문이다.

　만약, 브로이의 존재가 없었더라면?

　'아니지… 나 혼자로도 부족했겠지.'

　쿠너의 존재까지 더해졌기에 가능한 일이었다.

　'게다가….'

　잠시였으나 분명 그는 보았다. 여자기숙사를 지키고 있던 수문장 같던 청년을.

　케빈!

　브로이가 알고 있는 또 다른 숨겨진 마스터였다. 게다가 별의 영역에 이른 존재가 한명 더 있질 않았던가.

　카이든!

　비록 어디서 뭘 하고 있었는지는 모르겠으나, 분명 적잖은 부상을 입은 채 수업을 받던 걸 확인했었다. 겉으로야 티가 안 나게 숨겼으나, 브로이의 감각마저 속일 수는 없었다.

　이런 다양한 변수들이 아카데미에 존재했기에, 이번 습

격에서 그나마 무사할 수 있었던 것일지도 몰랐다.

만약, 이들이 없었더라면?

'나 혼자서 감당했다면….'

어찌어찌 운트까지는 상대했을지도 모른다. 하지만 그걸로 그의 역할 역시도 끝났을 것이다.

대마법의 영역에 이른 교장이나, 다른 숨겨진 실력자들이 나선다고 해도 한계가 명확했다. 그만큼 습격자들의 규모나 실력이 대단했기 때문이었다.

"어찌 될 것 같습니까?"

문득 들려온 질문에 브로이가 상념을 털어내며 쿠너에게로 시선을 보냈다.

"글쎄…잘 모르겠네. 설마하니 벌써부터 제국에 이를 드러내는 세력이 생길 줄은 몰랐으니까. 하지만 상황이 좋지 않다는 건 확실하지."

"이유를 들을 수 있겠습니까?"

"아카데미에 인질로 잡힌 이들이 문제라네."

제국 아카데미 사업 이후, 귀족 아카데미는 전의 권위를 상당부분 잃어버린 상태였다. 하지만 그럼에도 귀족들은 꼭 그곳에 한발씩은 걸치고 있었는데, 이 공간을 통해 지방과 중앙 귀족간의 교류가 이뤄지는 까닭이었다.

"세대교체를 위한 사교장이라고 불리는 장소지."

그런 만큼 중앙 귀족보다 지방 귀족가의 자제들이 더

많이 다니는 장소였다.

"그렇잖아도 몬스터들의 침공으로 지방 귀족들의 분위기가 좋질 않다고 들었네. 이런 와중에 각 가문의 후계자들마저 위기라면, 여러모로 정신이 없을 거야."

이런 와중에 중앙 귀족들은 습격자들에 대해 강경책을 논하는 분위기가 제법 있었다.

어쩌면 이번 사건으로 지방과 중앙 사이에 깊은 갈등의 골이 생길지도 몰랐다.

"좋지… 않군요."

"그렇지."

짤막한 그 대화를 끝으로 긴 침묵이 이어졌다.

"헌데, 그분들은 어떻게 지내고 계십니까?"

문득 쿠너가 침묵을 깨며 질문을 던져왔다.

'그분들?'

의아한 얼굴로 브로이가 바라봤다.

"지난밤에 말씀하신, 그 비약의 피해자분들이요."

"아…."

그제야 브로이가 알겠다는 듯 고개를 끄덕였다.

"뭐, 그리 좋지는 않네."

실제로 폐인이나 다를 것 없게 지내는 이들이 대부분이었다.

"그분들은… 어떤 분들입니까?"

조심스런 쿠너의 질문은 많은 의미를 담고 있었다. 지난 밤, 잠시나마 비약을 입에 대 봤던 쿠너에게, 이는 정상적인 약물이 아니었다. 자연스레 피해자들의 신분이나 정체 혹은 그들의 인성까지, 다양한 부분에 걸쳐 궁금증이 일어날 수밖에 없었다.

하지만 브로이가 해 줄 수 있는 대답은 하나밖에 없었다.

"나와 마찬가지로, 자네 스승님의 밑에서 일하던 친구들이지."

그거면 충분했다.

쿠너도 그리 생각하는 것인지, 한결 편안해진 얼굴이 되어있었다. 하지만 그럼에도 불구하고 여전히 걱정되는 게 있었던 것일까? 잠시 주저하던 그가 조심스레 물었다.

"정말… 제가 치료할 수 있을 거라고 생각하십니까?"

"자네는 할 수 있네."

그들이 한 때 주인으로 여기던 자,

브라만 대공!

그가 그리 이야기 했다.

때문에 믿는 것이다.

✦

아카데미 습격사건은 몬스터 침공에 버금갈 만큼 거대한

폭풍이 되어, 제국 수도를 강타했다.

때문일까? 황제 역시도 이번 사건에는 적잖은 관심을 기울이고 있었다.

'드디어 본격적으로 그들도 나서는 건가.'

망국의 사자!

사실, 그레이브라는 단체명에 대해서는 이미 알고 있었다. 제국의 새로운 눈과 귀가 되어주는 팔라얀 상당의 정보력으로 이미 파악한 상태였다.

제국의 발에 짓밟혀 멸망해버린 망국의 잔존세력들이 합심하여 세운 단체가 바로 그들이었다.

아마, 모르긴 몰라도 제국의 고위 귀족들 역시 저들 그레이브의 정체에 대해서는 알고 있을 터였다. 팔라얀 상단 정도는 아니겠으나, 그들 역시도 손에 꼽히는 정보력을 지니고 있을 것이기 때문이었다.

특히, 팔라얀 상단 이전에 제국의 눈과 귀가 되어주었던, 까마귀의 양 날개를 뜯어다가 자신의 세력으로 만든 귀족세력이었다.

충분히 팔라얀 상단에 버금가는 정보력을 세웠을 게 틀림없었다.

"그레이브."

단체명을 입에 올리자, 자연스레 떠오르는 얼굴이 있었다.

아첼르 판 마르셸론!

대 제국 칼레이드의 황제인 그녀의 단 하나뿐인 오라비가 바로 그 정체였다.

사실, 이미 그녀는 자신의 오라비가 품은 부정적인 감정을 알고 있었다. 모를 수가 없었다.

까마귀들의 날개가 찢겨져 나갔던 일.

너무도 허무하게 그들의 정체가 발각되고, 귀족들에게 그 살점이 뜯겨나갔다. 황실의 정보력에 커다란 문제가 발생했다는 걸 알았고, 자연스레 이와 관련된 인사들이 머릿속에 떠올랐다.

그러다 결국 마르셸론 공작에게로 시선이 갔고, 그 동공에 숨겨진 독기를 읽어버렸다.

이후, 남아있는 까마귀들을 이용해 최대한 제국 내부의 정보력을 통제했고, 프라임 기사단을 통해 은밀히 오라비를 감시했다.

프라임 기사단!

브라만 대공이 그녀만을 위해 만들어준 기사단이었다.

배신?

이러한 부분에 대해서는 마치 거세를 당한 것 같은 게 바로 그들이었다.

프라임 기사단을 통해 조금씩 모아들인 정보와 팔라얀 상단을 통해 들여온 정보들까지, 이러한 것들을 하나하나

통합하고 나자, 자연스레 오라비의 새로운 모습과 그가 그리는 풍경들에 대해서 연상할 수 있었다.

"결국…."

황제는 왠지 슬픈 얼굴로 자신의 손을 내려다봤다.

사아아아…

어느새 그녀의 손이 새하얗게 물들어 있었다.

〈소수(素手)라고 하는 거야.〉

언제고 브라만 대공이 그녀에게 가르쳐줬던 기이한 연공법의 결정체가 손 위로 펼쳐졌다.

〈주안술에는 이만한 게 없지!〉

뭔가, 순수한 의도는 아니었던 것 같았으나, 분명한 건 이게 어마어마한 연공법이라는 점이었다.

"결국, 이 손에 오라버니의 피를 묻혀야 하는 걸까."

어릴 적에는 그토록 자상했던 오라비였다. 그 시리도록 차가운 왕실에서 유일하게 느낄 수 있는 온기이기도 했다.

"후우…."

짧게 내뱉는 한숨 속에 작은 망설임이 섞여 나왔다.

❖

몸풀기라는 형식으로 벨로아와 자주 마주한 적이 있었기 때문일까?

제튼은 레임과 몇 차례 손속을 나눈 뒤, 그의 능력이 드래곤에 닿아 있다는 걸 느낄 수 있었다.

그 때문일까?

'재밌네!'

오랜만에 흥분감이 차올랐다.

'벨로아 영감님하고는 조금 아쉬운 감이 있었는데.'

벨로아와는 진심으로 겨룬 게 아니다보니, 약간의 부족함을 감추기가 어려웠다. 하지만 레임은 전혀 달랐다.

크르르르!

천마신공 역시 흥분감을 감추지 못하고 있었다.

드드드드드드…

자연스레 들끓는 기운이 주변 일대를 뜨겁게 달궜다. 그 기세에 안개마저 사방으로 흩어지고 있었는데, 이를 본 레임의 안색에 옅은 경련이 일어났다.

'과연… 대사제님을 움직이게 한 실력자라는 건가.'

이 일대에는 이미 레임과 동료들이 펼친 마법진이 잔뜩 깔려 있었다.

특히, 저 안개 역시도 마법진의 일부였다. 헌데, 그런 안개가 흩어졌다는 건, 마법진의 마법이 상대의 기세에 밀렸다는 의미였다.

새삼 긴장감이 어렸다.

이런 레임의 모습에 제튼이 이를 드러내며 말했다.

"장소 선택이 좋았어."

무슨 의미일까?

"이렇게 외진 장소에서 나를 기다린 거."

주변 일대에 사람이 없다는 점이 특히 제튼을 맘에 들게 만들었다.

"제대로 힘을 쓸 수 있겠어!"

파파파팍!

앞서도 압도적이던 기세가 돌연 가시처럼 사방으로 뻗어나갔다.

"크흐읍!"

피부가 저리는 느낌에 급히 실드를 펼쳐야 할 정도로 소름기치는 파동이었다.

"혹시, 남길 말 없어?"

갑작스런 제튼의 물음. 이번에는 또 무슨 의미로 하는 말일까? 의아해서 바라보고 있자니, 제튼이 웃는 얼굴로 재차 물었다.

"유언은 없냐고?"

그 순간 레임의 분노가 머리끝까지 치솟았다.

'감히!'

드래고니안의 자존심을 깨며, 그들의 비술을 이곳 외부에서 펼치기까지 한 상태였다. 그런 와중에 저런 소리까지 들었으니, 냉정 침착한 그로써도 분노를 감추기가 어려웠다.

으득!

'혹여… 지더라도, 혼자 죽지는 않겠다!'

대사제의 명이 있었으나, 그렇다고 해서 저자를 그와 마주하게 하고 싶은 생각은 없었다.

때문에 금단의 마법까지 펼친 상태였다.

이를 악 물던 그의 시선이 하늘 위로 올라갔다.

푸르른 창공 그 너머로…

아무리 기본적인 마법이라 할지라도 워낙 높은 수준에 올라있는 서클과 어마어마한 마력량은 그 모든 것들을 궁극에 이른 마법으로 변이시켰다.

콰콰콰콰…

마치 폭풍우가 몰아치듯, 가벼운 손짓에도 태풍이 일어나며 주변 일대를 정신없이 뒤흔들었다.

대마도사!

그 이름이 참으로 어울리는 모습이라고 여겼다. 대외적으로 알려진 대마도사가 아닌, 말 그대로 이야기속에서나 나올법한 그런 모습을 볼 수 있었다.

'드래곤에 버금가는 능력인 건가.'

말인 즉, 그 역시 긴장을 해야만 한다는 의미였다.

화르르륵…

불덩어리가 날아오는 게 보였다. 그 어마어마한 크기가
마치 헬파이어를 연상시키고 있으나, 그저 일반적인 파이
어볼을 시전 한 것일 뿐이었다.

하지만 그렇다고 해서 경시할 수는 없었다. 느껴지는
기세나 마력량이 평균치를 한참이나 웃돌고 있기 때문이
었다.

그런 불덩어리가 한 두 개도 아닌 수십, 수백여 개가 그
를 노리며 날아들고 있었다.

규모부터가 이미 인간의 영역이 아니었다.

그 순간 제튼의 손이 움직였다. 이미 검결지를 쥔 손에
서는 빛무리가 일렁이고 있었다.

콰콰콰콰콰콰…

수백여개의 불덩이가 허공중에 폭발하고, 그 여파로 다
시금 주변 일대에 일진광풍이 몰아쳤다.

이미 이 일대에 사람이 없다는 걸 알고 있기에, 제튼이
손을 쓰는 데에는 주저함이 없었다.

'제대로 준비를 했다는 거겠지.'

그 증거로 사람뿐만 아니라 생명체의 반응 역시도 잡히
질 않았다. 삭막함이 물씬 풍기는 장소였으나, 제튼에게는
더없이 반가운 전장일 뿐이었다.

'그나저나… 이 안개가 문제인가.'

주변에 흩뿌려진 안개는 미묘하게 감각을 흘트리고 있었다. 언뜻 안개처럼 보이지만 사실은 짙은 마력의 잔재들로써, 일반인들의 경우 이 안에 있는 것만으로도 마나중독 현상에 빠져, 사경을 헤맬 정도로 짙은 양이었다.

게다가 시간이 흐를수록 점점 어깨가 무거워지는 것 같았는데, 이 경우에는 벨로아를 통해 경험한 적 있는 마법이었다.

'중력제어 마법이랬던가?'

또한 산소량 역시 간섭을 하는 듯, 숨을 쉬는 것 역시 연공을 하듯 철저히 통제를 해야만 했다.

게다가 비쳐지는 반응으로 봐서는 이 모든 것들이 오로지 제튼에게만 작용하고 있는 것 같았다.

말 그대로 이곳은 레임이 꾸민 그만의 영역으로써, 제튼에게는 절대적으로 불리한 환경인 것이다.

'뭐… 상관없겠지.'

파파파파파팡!

어느새 검결지를 접고 정신없이 주먹을 휘둘렀다. 환상마법인 듯, 사방에 레임의 신형이 나타난 까닭이었다.

'쯧! 귀찮게 하네.'

마법진의 영향인 듯, 하나하나가 진짜와 같은 생명력을 비치고 있었다.

'얼마나 광범위하게 마법진을 깔아놓은 거야.'

감각을 흩어놓은 탓에, 제대로 파악하기가 어려웠으나, 얼핏 눈에 보이는 영역을 보자면, 적어도 한 개 영지권의 범위는 마법으로 통제되고 있는 것 같았다.

'이럴 때는 이게 정답이지!'

부족한 감각을 대신해 줄 방법이 생각났다.

스아아아…

안개에 대항하듯 그의 몸에서 검은빛 기류가 뻗어 나왔다.

천마재림!

갑작스레 뻗어나온 검은 기류가 주변을 장악하는 모습에 레임의 동공이 흔들렸다.

'마법?'

괴이한 현상 앞에 제튼이 마검사가 아닐까 하는 의심을 품고 있는 그를 향해, 검결지가 날카롭게 뻗어나갔다.

찰나간의 빈틈을 노린 일격이었다.

꽈르르릉!

급히 몸을 빼냈으나 그 순간에 어깨가 베여나간 듯, 고통이 그를 밀려들었다.

"크읏!"

'어떻게?'

분신 속에서 그를 찾아낸 것일까? 고민하는 그의 모습에 제튼의 입꼬리가 슬쩍 올라갔다.

'그래. 흔들려라.'

그 순간에 내비치는 엷은 마력변화는 레임의 본체를 찾아내는 힌트가 돼주고 있었다.

'조금만 더!'

한 차례 레임의 본체를 찾아낸 덕분일까? 몇 번만 더 이렇게 반응을 살피면 이런 흔들림이 아닐지라도 그의 본체를 구분해낼 수 있을 것 같았다.

특히, 천마재림으로 일부나마 채워진 감각이 이에 대한 정보를 정확하게 분류해줬다.

'미묘한 차이기는 하지만….'

거짓과 진짜를 구분하게 만드는 마력차이가 분명 존재했다.

◈

비록 휴가라는 명목으로 아루낙 마을에 잠시 머물고 있던 라바운트였으나, 그의 감각은 언제나 중간계와 연결되어 있었다.

물론, 그의 시야가 대륙 전역을 아우르는 건 아니었다. 단지 대륙 전체에 발생하는 거대한 흐름을 일부 읽어내는 정도였다.

이런 거대한 흐름에 불순한 파장이 끼어들었다.

115

"이건!"

그것은 그야말로 자리에서 벌떡 일어나게 만드는 파장이었다.

'…설마?'

그의 시선이 하늘로 올라갔다.

오래 전, 일족들 사이에서 금지된 마법이 떠올랐다.

"미친!"

그답지 않은 욕짓거리와 함께, 그의 신형이 한 줌의 빛무리가 되어 그곳에서 사라졌다.

"후우… 후우… 후우……."

거칠게 숨을 몰아쉬는 레임의 얼굴 가득 질린 기색이 역력했다. 제튼과의 전투로 인해 발생한 표정현상이었다.

'괴물!'

그 말 외에는 표현할 말이 없었다.

'어떻게 인간이 이 정도의 힘을….'

지닌바 모든 마법들을 쏟아 부었다. 마법진의 힘을 사용해 그의 한계영역 너머의 마법들 역시 퍼부었건만; 상대는 그 모든 걸 강행돌파하며 깨트렸다.

특히, 비장의 수라고 생각했던 분신들을 초반에 간파 당했던 건 충격이 컸다.

진짜와 가짜 사이에는 엄연히 차이가 있을 수밖에 없었다. 하지만 높은 수준에 이른 그의 마법실력은 이 간극을 최대한 좁힐 수 있었는데, 그 얼마 안 되는 차이마저도 주변에 흩뿌려진 안개들로 인해 지워내는 게 가능했다.

말 그대로 분신들 하나하나가 진짜나 다름없다는 의미였다.

'그걸 꿰뚫어 볼 줄이야.'

얼마나 예리한 감각을 지녔는지, 마법사로써의 순수한 호기심이 생겨날 정도였다.

'어쩌면… 그 검은 기류 때문일지도.'

마법사가 아닐까 하는 의심을 품게 만들었던 풍경 속에서, 제튼의 움직임이 한층 원활해졌던 게 기억났다.

검은 기류가 더는 보이지 않았으나, 아직도 펼쳐져 있다는 걸 느끼고 있었다. 마치 마법진 속으로 녹아들 듯, 안개처럼 엷게 흩어지는 걸 본 까닭이었다.

그 검은 기류의 존재로 인해, 그가 만들어낸 영역에 불순물이 끼어든 것 마냥, 불쾌한 감각이 지속적으로 느껴지고 있었다.

머릿속은 이런저런 복잡한 생각들로 가득했으나, 그렇다고 해서 마법을 멈추지는 않았다.

"대지의 분노!"

외침과 함께 땅거죽이 일어나며 제튼을 덮쳐들었다. 발디딜 곳에 불편함을 느낀 듯, 어느새 제튼의 신형이 허공을 부유하고 있었다.

"서리폭풍!"

티끌만한 눈보라들이 매서운 광풍 속에 칼날이 되어 제튼을 베어 들어왔다. 그 육신을 단번에 갈기갈기 찢어버릴 것 같은 매서운 공격으로써, 마땅히 피할 방법이 없을 거라고 여긴 순간 막아내기 위해 기운을 일으켰다.

우우우웅!

육신위로 엷은 빛무리가 어리는 게 보였다.

타타타타타타탕…

그 위로 눈보라가 내리치며 요란한 소리를 냈다.

'역시, 그걸로는 안 되나.'

이를 악 물며 재차 마법을 발동시키려는데, 제튼이 한 줄기 화살이 되어 쏘아져 오는 게 아닌가.

다급히 실드를 펼쳐 전방을 방어했다. 검은 기류가 마법진에 끼어든 뒤로는 공간계열 마법은 시전이 불가능했기에, 어쩔 수 없이 정면으로 맞설 수밖에 없었다.

터터터텅!

그 짧은 순간 몇 번의 타격이 지나갔는지, 실드 위를 두드리는 소리가 짧지 않았다.

쩌걱!

결국에는 버티지 못한 채 실드가 부서져 나갔으나, 이미 예상하고 있던 상황이었다. 날아드는 묵직한 주먹이 보였다. 이를 악물며 이에 대비했다.

빠각!

강렬한 충격이 두개골을 흔들었다. 정신이 아득해질 정도의 고통이었으나 어찌어찌 버텨낼 수 있었다. 육체강화와 더불어 전신을 갑주화하는 마법까지 이미 걸어뒀고, 거기에 감각제어를 통해 고통에 대한 대비도 충분히 한 상태였다.

'그런데도 이런 충격이라니. 크흐음!'

이를 악 물며 힘겹게 주문을 외웠다.

"그림자의 춤! 꼭두각시의 연회!"

그와 동시에 제튼의 그림자가 일어나는가 싶더니, 돌연 본체를 향해 공격을 가하는 게 아닌가.

갑작스런 상황에 제튼이 주춤거리는 순간, 이마 레임의 신형은 뒤로 쭈욱 빠지고 있었다. 그러면서도 쉴 새 없이 술식을 계산하고 주문을 외치며 제튼을 견제했다.

"대지의 족쇄! 하늘의 심판!"

잠시간 디디고 있던 땅거죽에서 강한 흡입력이 일어나며 제튼을 빨아들였고, 하늘 높은 곳에서부터는 거대한 압력이 어깨를 짓누르며 그렇잖아도 무거운 육신을 더욱 거세게 압박했다.

이 와중에 더욱 황당한 건, 그의 그림자가 너무도 익숙한 방식으로 그를 공격하고 있다는 점이었다.

'환상계열 마법이려나.'

그렇지 않고서야 어찌 이곳이 아닌 무림의 기예들이 펼쳐질 수 있겠는가.

거짓이되 거짓은 아닌 듯, 저 공격 하나하나에 막강한 힘이 담겨있었다. 신기한 상황에 잠시 당황한 건 사실이었으나, 그렇다고 해서 그림자에 밀리거나 하지는 않았다.

'같은 기술로 대적한다라….'

천마가 생각났다. 심상의 세계애서 그와 겨룰 당시에는 자주 발생했던 일로써, 당시와 지금 상황은 여러모로 비슷했다.

단 하나, 다른 게 있기는 했다.

'상대가 나보다 강했다는 거지!'

그것도 압도적으로 우위에 있던 천마였다. 어설피 그를 따라하는 그림자에게 당하기에는 지난 세월의 단련이 너무 치열했다.

파파파파파팡!

짧은 순간 수십합의 격돌이 발생 했다. 모방이라고는 하나 상당히 정교한 몸놀림에 제튼으로써도 단박에 제압하기는 어려웠다. 하지만 결국 진짜에 닿지 못하는지, 그림자는 제튼의 검결지에 베어지며 흩어져야만 했다.

"으음…."

그 순간 밀려든 타격감에 제튼이 눈살을 찌푸렸다. 그림자가 소멸하며 다시 자신의 그림자로 돌아왔을 때, 내부에 밀려든 충격이 심상찮았기 때문이다.

조금 전 그림자의 타격이 고스란히 밀려든 느낌이었다.

"재미없는 수법을 쓰는군."

한 차례 호흡도 고를 겸, 제튼이 슬쩍 말을 건네며 레임을 바라봤다. 마침 레임도 휴식이 필요하던 찰나였던지, 흔쾌히 그의 대화를 받아들였다.

"덕분에 네 능력을 제대로 알 수 있었다."

그림자의 춤은 상대의 능력치에 따라서 발휘되는데, 이때에 투입되는 마력량을 토대로 상대의 수준 역시 계산이 가능했다.

'내 마력량으로도 감당이 안 되는 수준이라니.'

급하게 빨려 들어가는 마력공급을 중단해야만 할 정도로, 어마어마한 기운을 필요로 하고 있었다.

덕분에 상대를 완벽하게 모방하는 그림자의 춤이 어설프게 완성되었고, 이를 토대로 실력을 발현하는 꼭두각시의 연회 역시도 불완전한 전투를 선보일 수밖에 없었다.

'수호자님들과 동급!'

그들 혈통의 주인들로써, 대사제 바로 아래에 위치한 틈새의 수문장들이 바로 그들이었다.

그들의 대사제가 직접 나설 수밖에 없었다는 걸 실감했다.

'이런 자가 인간들 사이에 존재해서는 안 된다!'

한참 상념에 빠져있는 그를 향해서 제튼이 질문을 던져왔다.

"그래서, 내 능력이 어느 정도인 것 같은데?"

이에 레임이 딱딱한 표정으로 답했다.

"나보다는 위에 있군."

"겨우 그거?"

짤막한 한 마디 말로 심장을 자극하는 재주가 있었다. 애써 가슴을 진정시킨 레임이 물었다.

"남길 말은 없나?"

갑작스런 그 물음에 제튼이 의아해서 쳐다보는데, 레임의 입가에 싸늘한 미소가 그려지고 있었다.

"유언은 없냐고 묻는 것이다."

앞서 제튼이 했던 이야기를 그대로 반복하는 레임의 모습에 제튼의 눈가에 의문이 떠올랐다. 지금 상황에 저런 이야기는 어울리지가 않았기 때문이었다.

"지금 상황파악이 제대로 안 되나…."

무어라 말을 내뱉으려던 제튼이 돌연 표정을 굳히는가 싶더니, 하늘 높이 시선을 올려 보냈다.

어마어마한 기운을 담은 거대한 무언가가 다가들고 있

었다. 레임의 물음이 재차 귓전을 파고들었다.

"유언은?"

제튼이 신경질적으로 외쳤다.

"미친놈!"

하늘 위, 푸르른 창공으로 붉은 빛 거대한 불덩어리가 떨어지고 있었다.

메테오!

이제는 잊혀져버린 전설 속 마법의 발현이었다.

◈

제국 수도의 분위기가 뜨겁게 달아오르면 오를수록, 가면사내의 머리는 차갑게 식어가고 있었다.

지금 이 순간이야말로 가장 이성적인 판단에 전념해야 할 때였다. 혹여 감정적인 부분에 기댔다가는 자칫 그릇된 결정을 내릴 수도 있는 까닭이었다. 자칫, 모든 계획이 수포로 돌아가 버릴지도 몰랐다.

'그분은… 어쩔 수 없나.'

운트의 구출 계획을 구상했으나, 이내 지워버렸다.

'믿는다!'

바탐이 설계했고 그가 완성시킨, 별의 영역을 넘어설 존재. 그게 바로 운트였다. 때문에 자력으로 뛰쳐나올 수 있을 거라고 믿기로 했다.

지금은 차선으로 선택한 귀족 아카데미를 통해, 중앙과 지방 귀족 간에 갈등을 심화시키는 작업에 전념해야 할 때였다.

또한 본격적인 몬스터 침공에 대비해야 할 시기이기도 했다. 이미 동쪽 깊숙한 곳에 나타난 몬스터들에게 제국의 시선이 쏠려 있는 상황에서, 이번에는 다른 방향에서 또다시 동시다발적으로, 전보다 더욱 대규모로 몬스터들이 움직일 터였다.

본격적인 전쟁은 그 순간부터가 시작이었다.

'거기서 끝내서는 안 되지!'

이를 장기적으로 끌어가며 제국을 제대로 두드리려면 주변 왕국들의 움직임 역시 중요했다.

카이스테론 아카데미 점령에 실패한 까닭에, 이들을 향한 계획에 일말의 오차가 난 상황이었으나, 이 역시 그동안 준비해온 것들을 믿기로 했다.

그는 허투루 계획을 세우지 않았었고, 이 계획대로라면 원하던 만큼은 아닐지라도 상당부분 지원을 얻어낼 수 있을 거라 여겼다.

"후우…."

하지만 일말의 불안감에 자꾸만 한숨이 흐르는 건 어쩔 수가 없었다.

잠시 창을 열어 환기를 시키는 그의 머릿속에, 문득 떠오르는 생각이 있었다.

　'그러고 보니… 오늘 즈음이려나.'

　바탐과 동류로 보이는 이들로부터 몇 가지 부탁을 받은 일들이 있었다.

　'영지 한 곳을 비워달라니….'

　생각보다 어려운 내용이었으나, 그간 키워온 그레이브의 능력을 한껏 발휘해 흔쾌히 영지 한 곳을 마련해줬다.

　〈여기서 '그'를 잡는다!〉

　'브라만 대공!'

　그의 존재가 언급된 순간, 어떻게든 들어줘야 하겠다는 생각이 들었다.

　'직접 해결하고 싶지만….'

　과거, 9년여 전 즈음 대공의 숨겨진 실력을 본 뒤, 이 부분에 대한 생각을 일부 수정하게 되었다.

　'나는 그녀에게만 집중한다!'

　제국을 치는 계획을 준비하는 한편, 마르셀론 공작에게서 그녀를 지키는 안전책도 마련해야 하는 상황이었다.

　조금이라도 짐이 덜어진다면 오히려 환영인 것이다.

　"후우… 덥군."

　창밖으로 여름의 무더위가 지나가고 있었다.

어차피 망해가는 영지였기에, 돈을 더 얹어서 통째로 사들인 뒤, 영지민들도 적당히 정착지를 마련시켜줬다.

영지를 사고판다는 게 말도 안 되는 일 같았으나, 이 세상에선 돈이라는 게 있으면, 이 웃기지도 않는 일이 너무도 쉽게 가능해지고는 했다.

그야말로 거금이 든 작업이었다. 그 어마어마한 자금을 통해, 이곳 '텟사른' 영지를 마련한 이유는, 이 한 번의 마법을 위해서였다.

운석소환 마법!

전설처럼 여겨지는 마법이 하늘 위에서 떨어져 내리고 있었다.

이 마법을 위해 얼마나 많은 준비를 했던가.

광대한 영지 곳곳에 마정석을 심었고, 고위의 마법을 통해 이곳 일대를 통째로 숨겼다.

여기서 숨긴다는 건, 사람들의 관점을 말하는 게 아니었다.

드래곤!

그들에게서 숨긴 것이다.

태생부터 선천적으로 세상의 흐름을 공유하는 그들이기에, 운석 소환 마법과 같은 위험한 마법은 그들의 시야를 피하기가 어렵기 때문이었다.

그런 이유로 소모된 마정석의 숫자만도 수백 개가 넘어갔다.

'좀 더 썼으면 천단위까지 채웠을지도….'

그 하나하나가 마나석 수십여개 이상의 가치를 자랑하는 마정석이었다.

덕분에 마법진에 다양한 술식을 그려 넣을 수 있었다. 틈새에서 불청객을 상대하기 위해, 그들이 만들어내는 전장과 꼭 같게 설계하는 것도 가능했다.

이렇게 어마어마한 마정석을 소모하여, 이곳에 거대한 '결계'를 펼쳤다.

덕분에 운석소환 마법의 거대한 흐름이 외부로 흘러나가지 않을 수 있었다. 최소한 운석이 모습을 드러내기 전까지는 외부로 알려질 일은 없을 터였다.

금지된 마법!

이를 사용하는 것 자체만으로도 이미 드래곤의 분노를 피하기는 어려웠다. 때문에 그와 동료들은 이곳에 뼈를 묻을 각오를 하고 있었다.

그에게 모든 마나를 퍼부은 7명의 동료들은 남은 생명력을 쥐어짜, 운석의 궤도를 이곳으로 고정하고 있을 터였다.

어쩌면 이미 그 생을 다했는지도 몰랐다.

'나도 곧 따라가겠다!'

각오를 다지며 제튼을 바라봤다. 이미 그의 시선은 자신에게서 떨어진지 오래였다. 쓴웃음이 나왔다.

'저 인간 하나를 처치하려고 금기까지 깨다니.'

혹여 있을 드래곤들의 분노를 피하기 위해, 외진 영지를 선택했다. 또한 대륙에 큰 피해가 가지 않도록 마법진에도 일말의 안전장치는 해 놓았다.

거기에 더해 사람들을 일찌감치 내보낸 덕분에, 눈앞의 대적자 외에는 인명피해도 없을 터였다.

'그래도… 그들의 분노를 피하기는 어렵겠지.'

위대한 일족의 수장 라바운트가 움직일 게 분명했다. 하지만 걱정하지 않았다.

'대사제님!'

바깥에 로드 라바운트가 있다면, 틈새에는 대사제 데카르단이 있기 때문이었다.

각자의 지위가 다르다고는 하나, 일족 내에서 그들이 지닌 위치가 비슷하게 여겨지고 있는 상황이었다.

지금처럼 뒤처리도 최대한 깔끔하게 준비한 상황에서는, 크게 간섭을 하기는 어려울 터였다.

문득 머리 윗부분부터 뜨거운 공기가 밀려오는 게 느껴졌다.

여름의 무더위로 착각할 수 있으나, 전혀 다른 종류의

열기였다.

운석!

어느새 한 눈에 들어올 만큼 다가온 거대한 불덩어리가
보였다.

'어떻게 할 테냐.'

그의 시선이 제트에게로 향했다. 헌데, 제튼은 의외로
덤덤한 표정을 한 채 하늘을 올려다보고 있는 게 아닌가.

'뭐지?'

의문을 느끼는 찰나, 그의 신형이 뒤로 한 걸음 이동했
다. 그리고 두 걸음, 세 걸음… 빠르게 제튼과 거리를 벌리
며 멀어지는 게 아닌가.

'대체 왜?'

어째서 그의 육신이 뒷걸음질을 치는 것인가. 이해할 수
없는 상황 속에서 그의 손끝이 보였다.

'떨고 있다고? 설마….'

그의 시선이 어느새 상당한 거리를 벌린 제튼에게로 향
했다.

'두려워 한다?'

틈새 속에서 오랜 시간 치열한 전투를 겪으며 일깨워 온
본능이 그의 육신을 빌려 경고하고 있었다.

도망가라!

뒤늦게 이 사실을 깨달은 레임이 애써 발길을 통제하며

제튼을 살폈다.

무심한 듯, 혹은 평온한 듯, 떨어지는 운석을 바라보면서 너무도 태연한 표정을 짓고 있는 게 인상적이었다.

'저대로 그냥 죽으려는 것인가.'

그렇지는 않을 거라 여겼다. 육신이 반응해 뒷걸음질을 치게 할 정도라면, 눈에 보이지도 않는 무언가가 있을 터였다.

'뭐냐?'

다시금 떠오른 마법사적인 호기심이 제튼을 낱낱이 파헤치고 있었다.

다가드는 거대한 덩어리를 보며 대번에 알 수 있었다.

'메테오!'

잊혀져버린 마법이라고는 하나, 다양한 이야기 속에서 자주 언급되는 마법이니만큼, 모르려야 모를 수가 없었다.

피한다?

이미 늦었다는 걸 알았다. 게다가 운석이 등장하던 무렵부터 그를 옭아매는 기운들이 더욱 강해졌다.

'이 순간을 위한 거였나.'

꾸준히 더해지던 압박감이 지금을 위한 안배였음을 알았다. 동시에 레임이 애초에 그를 이길 생각이 없었다는 것 역시 짐작할 수 있었다.

"후우우우⋯."

호흡을 골랐다. 위기라고 여겨지는 상황일수록 침착함을 잃어서는 안 된다. 그러며 천마신공을 극한까지 일깨웠다.

검결지를 풀고 어깨를 추욱 늘어트렸다.

긴장감을 벗어던진 모습이 되어 하늘 위로 시선을 던져보냈다.

'한계치 이상의 힘을⋯.'

극한의 천마신공마저도 넘어서는 힘이 필요했다. 이 순간 경지를 넘은 그의 사고가 하늘에 닿았다.

우우우웅⋯

동시에 한 줄기 공명음이 눈앞에서 울려 퍼졌다. 그리고 피어나는 반투명의 빛무리.

그것은 검의 형상을 띄고 있었다.

심검(心劍)!

무림에서도 전설로 여겨지는 의념의 검으로써, 오러 스피릿으로 이룰 수 있는 궁극의 경지였다.

반투명의 검에 제튼의 의지가 가득 담겨들면서, 점차 희미하던 윤곽마저도 자취를 감춰갔다. 그리고 그 모습이 완전히 사라졌을 때, 제튼의 시선이 운석을 향해 쏘아졌다.

어느새 푸르던 창공을 붉은빛으로 가득 채우고 있는 게 보였다.

"가라!"

짧은 외침.

그리고,

창공은 다시 푸르름을 되찾았다.

◆

믿을 수 없는 광경이었다.

"허…."

라바운트는 오랜만에 넋을 놓은 채 그 장면을 지켜봐야
만 했다.

"이럴… 수가 있나?"

잠시 후, 겨우겨우 정신이 돌아왔을 때, 혼잣말처럼 내
뱉은 의문이 공허하게 허공을 스쳤다.

갑작스레 느껴진 운석의 낙하 흐름을 쫓아 이곳으로 날
아왔다. 중간중간 공간이동 마법을 남발하며 다급히 이동
했다.

그리고 떨어져 내리는 거대한 불덩어리를 보았다.

메테오!

설마설마 했던 금기가 펼쳐진 것이다.

스스로 통제할 수 없는 마법이라는 이유와 더불어, 대륙
전체에 피해를 입힐 수 있는 파괴적인 마법이라는 이유가

더해지며, 일족들의 합의 하에 봉인된 마법이었다.

그러한 금기가 발현된 것이다. 잠시지만 분노가 일었을 정도로 머리가 달아오르기도 했다.

그나마 다행이라고 해야 할까? 생각보다 운석의 크기가 작은 것을 보며, 작게나마 안도할 수 있었다.

저 정도라면 그 혼자서도 충분히 막아낼 수 있는 규모였기 때문이었다. 하지만 인간의 형상으로는 무리였기에, 본체현신을 준비하려는 그 순간이었다.

오싹!

목덜미가 서늘해질 정도로 소름끼치는 기운이 저 아래에서 느껴졌다. 운석에 집중하느라 파악하지 못했던 광경이 뒤늦게 눈에 담겼다.

'제튼?'

그의 정체를 확인하는 순간, 이변이 일어났다.

파삭…

마치 거짓말처럼 거대한 불덩어리가 허공중에 자취를 감추는 게 아닌가.

그 순간만큼은 라바운트도 넋을 놓을 수밖에 없었다.

"이럴 수…있는 건가?"

믿기 어려운 상황에 연신 같은 말만 반복하고 있었다.

"푸후우우우…."

길게 호흡을 고르는 제튼의 전신이 땀으로 흥건하게 젖어 있었다. 조금 전 일격에 쏟아 부은 심력소모가 생각 이상으로 심했던 까닭이었다.

당장 늘어져 자고 싶을 정도로 피로가 밀려왔다.

심검을 이루는 걸 넘어, 거기서 한 걸음 더 나아가 의지를 한계치 이상까지 강화한 후유증이었다.

하지만 아직 전투가 끝난 건 아니었다. 고개를 내린 그가 멍청한 얼굴로 시선을 보내오는 레임을 향해 물었다.

"유언 준비는 다 됐냐?"

그제야 정신을 차린 레임이 신중한 얼굴로 제튼을 위아래로 살폈다.

'가능… 할까?'

지칠 대로 지친 듯 보이는 모습에서, 상대가 정상이 아니라는 분위기가 제대로 풍겨왔다.

충분히 승리를 거머쥘 수 있다는 확신이 들어야만 했다.

하지만 조금 전 그 말도 안 되는 광경을 보고 난 까닭일까? 물먹은 솜 마냥 늘어진 제튼을 보고 있으면서도, 선뜻 달려들 용기가 나질 않았다.

문득 제튼이 재차 말을 건네 왔다.

"유언은?"

"…빌어먹을!"

나직한 욕짓거리.

"짧아서 좋네."

그 말과 함께 제튼이 달려들었다.

◈

지닌바 힘을 봉인해놓은 상태라고는 하나, 세상의 흐름과 연결되어 있는 감각만큼은 온전히 깨어있던 덕분일까?

"메테오…."

단번에 세상의 이변을 알아챌 수 있었다. 동시에 그 커다란 변화의 중심에 누가 서 있던 것인지도 파악이 가능했다.

"쓸데없는 짓을."

레임을 비롯해서 세상에 나와 있는 틈새의 아이들 대부분의 생명신호가 끊기는 걸 확인할 수 있었다.

애초에 얼마 남지도 않은 아이들이 무려 여덟이나 함께 활동하는 걸 알았을 때, 무언가를 준비하고 있다는 예감을 했었다. 단지, 그게 금지된 마법일 줄은 몰랐을 뿐이었다.

'라돈 홀로 남은 것인가.'

그와 드래고니안들 사이의 연락책으로 움직이던 라돈은 다행히도 무사했다.

틈새에서 세상에 대한 정보를 들으려면, 라돈을 비롯한 사도들의 바깥 활동은 필수였다.

더 이상 외부로 나올 수 있는 사도의 여유가 없는 만큼, 라돈은 마지막까지 전장 외곽에 있을 필요성이 있었다.

특히, 지금처럼 데카르단이 대륙으로 나오며, 그곳의 전력공백이 심해진 상황에서는 더더욱 외부활동에 대한 제재가 심할 수밖에 없었다.

"실패했나."

분명 대기의 흐름이 크게 뒤틀리는 걸 느꼈건만, 대지의 변화는 느껴지지 않았다. 이는 떨어지던 운석이 허공중에 소멸했다는 의미였다.

일족의 원로들이 나섰을지도 모른다는 생각보다, '그'가 직접 처리했을 거라는 예감이 먼저 들었다.

'브라만 대공!'

지난 번, 알콘의 몸을 빌려 그와 대화를 나누던 당시, 그의 숨겨진 힘을 엿볼 수 있었다.

틈새의 관리자인 그가 직접 바깥으로 나온 이유도 그 때문이지 않던가.

소환된 운석을 막아낸다?

'그러면 가능한 일이지.'

일족에 버금가는 힘을 지니고 있는 존재이니만큼, 충분히 감당할 수 있는 상황이었을 것이다.

"기대되는군."

새삼 브라만 대공과의 만남이 기다려졌다.

'그나저나….'

이번 메테오 사건으로 일족의 상당수가 눈을 떴을 게 분명했다.

"귀찮아질 수도 있겠군. 흠!"

만에 하나를 대비한 대책 정도는 마련해야 할 듯싶었다.

＊

힘겨운 발걸음으로 겨우겨우 저녁시간에 맞춰 집으로 돌아왔을 때, 제튼을 기다리고 있던 건 여우같은 마누라와 토끼 같은 아이들이 아니었다.

"끄응… 오셨습니까."

집 앞에 서 있는 라바운트를 보는 순간, 한층 더 피곤해지는 기분이 들었다.

그렇잖아도 무리를 한 몸을 이끌고 전력으로 대륙을 가로지른 탓에, 이미 피로누적이 한계치에 달해 있었다. 그

래서인지 평소와 달리 표정 가득 싫은 기색이 팍팍 드러
났다.

"허헛! 거 참…."

이런 제튼의 반응에 절로 헛웃음이 나왔다. 어느 누가
감히 드래곤의 수장인 그를 이리 대접할 수 있겠는가. 여
러모로 신선한 경험이었다.

무어라 할 말이 많았으나, 우선 먼저 내뱉어야 할 단어
는 따로 있었다.

"고생했네."

이에 잠시간 라바운트를 바라보던 제튼이 고개를 절레
절레 흔들며 말했다.

"기왕이면 같이 좀 갈 것이지. 혼자만 뿅 하고 사라지면
좋습니까?"

"…알고 있었나?"

깜짝 놀란 얼굴로 라바운트가 물었다.

"뭐, 어쩌다 보니 알게 됐습니다."

"허허…."

재차 헛웃음이 터져 나왔다. 전장 외곽에 나타났던 라바
운트였다. 비록 기척을 감춘 것은 아니었으나, 자연스레
흐름에 동화된 덕분에 그의 존재를 읽어내는 건 쉬운 일이
아니었다.

헌데, 그런 그의 등장을 알아봤다는 것이다.

'지칠 대로 지친 상황에서, 거기까지 읽어낼 줄이야.'

새삼 제튼이라는 존재에게 감탄성이 나올 것 같았다. 하지만 제튼 역시도 나름대로 그에게 놀라야만 했다.

'설마…천마재림의 영역 내에서 공간이동이 가능할 줄이야.'

라바운트의 존재를 인지해 낼 수 있었던 건, 그의 영역이었기에 가능한 일이었다. 그런 장소에서 너무도 여유롭게 공간이동을 하는 걸 느꼈을 때, 얼마나 놀라야만 했던가.

'벨로아 영감님도 할 수 없던 거였는데.'

새삼 드래곤 로드의 위치를 실감하던 순간이었다. 이런 제튼의 생각을 아는지 모르는지, 여전히 눈을 동그랗게 뜨고 있는 라바운트를 향해 제튼이 물었다.

"데카르단과 만남을 주선해 주실 수 있겠습니까?"

갑작스런 그의 이야기에 라바운트의 눈이 한층 더 커졌다.

"이유를 알 수 있겠나?"

"아무래도 피하기는 어려울 것 같으니, 기왕이면 먼저 마주하는 게 나을 것 같아서요."

고개를 끄덕이던 라바운트가 쓰게 웃으며 말했다.

"미안하네."

"안 되는 겁니까?"

"비록 내가 일족의 수장으로 있다고는 하나, 틈새의 일족들에게는 영향력이 약하다네."

오랜 세월이 흐르며, 틈새와 바깥의 일족들 사이에는 커다란 경계선이 생겨버렸다.

"그들 역시 드래곤이라는 위치 때문에, 내 존재를 무시하기는 어렵겠지만, 내 존재를 납득하는 건 아니라네."

애초에 죄수라는 신분으로 틈새에 수감된 이들이었다. 대륙의 일족들과는 적잖게 사고관의 차이가 존재했다. 이런 차이로 인해서일까? 틈새의 일족들은 그들끼리 새로운 '세상'을 만들어 버렸다.

"데카르단 그 친구가 '대사제'라 불리는 것도 그런 이유라네. 인간들의 사회로 보자면, 일족의 로드라 불리는 내가 그 위치를 맡고 있다고 할 수 있는데, 굳이 대사제라는 위치를 따로 만든 이유가 뭐겠나."

우스운 건, 이들의 의도를 알고 있으면서도 그들에게 제재를 내리기가 어렵다는 것이었다.

"데카르단의 그 친구는 솔직히… 나도 감당하기가 어렵다네."

로드라는 특수한 직위 덕분에 그나마 최소한의 통제가 가능한 것뿐이었다.

"…만남 주선은 어렵다는 거군요."

"어차피 곧 자네를 찾아 올 거야."

"그걸 어떻게 확신하십니까?"

이미 세상에서 자취를 감춘 상태였다. 이런 제튼을 어찌 찾아낸단 말인가.

"그에게는 세계수의 의지가 깃든 물건들이 여럿 존재하기 때문이지."

"세계수라 하면⋯."

언제고 본 적이 있었다. 비록 천마를 통해 시야공유만 한 상태였으나, 분명 엘프들의 사회에 숨어들었던 당시, 한 차례 눈에 담은 기억이 있었다.

"우리 일족이 세상의 흐름을 일부 공유한다고는 하나, 세상의 흐름 그 자체라고 할 수 있는 세계수와는 비교할 수가 없지."

데카르단은 그 흐름의 힘을 이용해 제튼을 찾아낼 게 분명했다.

그 말에 제튼의 표정이 딱딱하게 굳어졌다.

"설마⋯ 이곳으로 온다는 이야기입니까?"

아루낙 마을이 위험해질 수도 있다는 소리이니만큼, 그의 표정이 좋을 리가 없었다.

"걱정 말게나."

라바운트의 태평한 소리에 제튼의 감정이 울컥 치솟으려는 찰나였다.

"그 때문에 내가 여기에 있는 것이니."

일순간 지금 상황이 일부나마 이해가 됐다. 특히, 그가 굳이 이곳에 머물려고 하는 이유를 엿본 것 같았다.

굳은 얼굴로 라바운트를 응시하던 제튼이 한숨을 푸욱 내쉬며 걸음을 옮겼다.

"오늘은 너무 피곤해서 이만 들어가 쉬고 싶네요."

그 말에 라바운트가 고개를 끄덕이며 말했다.

"푸욱 쉬시게."

그러며 라바운트가 자리를 벗어났다. 한 차례 그 뒷모습을 바라보던 제튼도 이내 집 안으로 걸음을 옮겼다.

◈

제국 전역이 이처럼 시끄럽게 들썩이는 건 얼마만의 일일까?

몬스터 침공으로 인해 한 차례 뜨겁게 달아올랐던 분위기가, 아카데미 습격 사건으로 고조되었을 즈음, 제국은 고비라고 할 법한 사건과 또 다시 마주하게 된다.

중앙 귀족과 지방 귀족들간의 대립과 갈등!

귀족 아카데미의 습격 사건으로 인해, 수많은 지방 귀족들이 중앙으로 올라왔고, 이내 제국 전 지역에 해당하는 귀족들의 대회의가 열렸다.

그리고 생각의 차이가 드러나며 갈등이 빚어졌고, 대립

구도가 완성됐다.

"계획대로군."

마르셀론 공작은 고개를 끄덕이며 만족스런 미소를 그려보였다. 귀족간의 갈등뿐만 아니라, 지방 귀족들의 중앙회의 참석 역시도 포함되는 이야기였다.

이들이 자리를 벗어난 지금, 상황은 새로운 국면에 돌입하게 될 것이다.

그리고 정확히 이틀 뒤,

대륙은 새로운 이야깃거리로 들썩이기 시작했다.

몬스터들의 대규모 침공!

앞서와 똑같은 화젯거리인 듯싶었으나, 그 내용은 전혀 달랐다.

"이번이 진짜라며?"

"전에 나왔던 놈들은 그냥 정찰조 수준이라던데."

"제국 전역에서 동시다발적으로 나온 게, 완전히 전면전이던데. 이거야 원, 다시 전쟁이 시작되는 거 아니야?"

앞서 규모를 압도하는 몬스터들의 대대적인 침공이 시작된 것이다.

십여년의 세월이 흐르며 이제는 잊혀져가던 삭막한 전장의 공기가 다시금 대륙 전역으로 퍼져나가고 있었다.

"이제 왕국들이 움직일 때인가."

마르셀론 공작은 남은 배역들의 등장을 기다리며 창밖을

응시했다. 언제나와 다를 것 없는 풍경이었으나, 어제와는 다른 세상이 시야를 가득 메우고 있었다.

　얼마동안 이곳에 갇혀있었는지 확인할 방법이 없었다. 불빛 한 줌 안 들어오는 장소인 탓에, 시간의 흐름에서 멀어지는 건 순식간이었다.

　운트는 쓰게 웃으며 주변을 돌아봤다. 제법 오랜 시간을 이곳 '암굴'에 머문 까닭인지, 이제는 어둠에 익숙해진 그의 시선이 주변 풍경을 작게나마 인식하게 만들어줬다.

　'삭막하군.'

　그나마 유희거리라면 주기적으로 찾아와 '고문'이라는 이름으로 고통을 선사하려는 이들 정도랄까?

　이 잔혹한 행위를 웃음거리로 여길 수 있는 이유는 간단했다. 감각제어로 인한 통각 마비의 영향이었다.

　실험을 통해 완성된 육체인 까닭일까? 스스로도 육체에 대한 이런저런 개입이 가능했다. 이는 오러를 통한 감각제어와는 다른 분야의 것이었다.

　그리고 이런 특수성 덕분에 고문으로 인한 통증을 느낄 필요가 없었다.

　물론, 이러한 사실을 저들에게 알리지는 않았다. 적당히 고통을 연기하며, 저들에게는 거짓된 정보를 전했다.

'원래는 바로 나갈 생각이었지만.'

이곳이 암굴이며 저들의 목적이 정보추출에 있다는 걸 알게 된 뒤, 일정을 약간 변경한 것이다.

독특한 방법으로 오러를 제압해놓은 상태였으나, 그 정도는 충분히 해결할 수 있었다.

'뭐, 약간의 부작용을 감수해야 하지만.'

그게 '수명' 과 관련되어 있다는 걸 생각해본다면, '약간' 이라고 하기에는 무리가 있으나, 어차피 짧고 굵은 삶을 선택한 상황이니만큼, 얼마든지 희생을 각오할 수 있었다.

덜컹…

문득 저 한편에 설치된 암굴의 문이 열리며, 피에로 가면을 쓴 사내가 들어오는 게 보였다.

암굴의 전도사로 불리는 고문 기술자였다.

'또 시작인가.'

고통이 없기에 고문이 두렵지는 않았다. 하지만 이를 통해서 육체가 지속적으로 망가지는 건 문제가 있었다.

'더 망가지기 전에 슬슬 나가야 할 텐데.'

이런 그의 등을 떠미는 한마디가 전도사에게서 흘러나왔다.

"축하한다. 이틀 뒤, 네놈의 처분이 결정됐다."

이미 예정되어있는 결론이었다.

사형!

운트의 고개가 위아래로 끄덕여졌다. 이제는 밖으로 나
갈 때였다.

#3. 전쟁

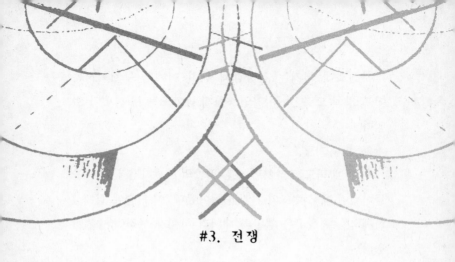

#3. 전쟁

　최초 변화의 시작은 테파른 왕국에서부터였다. 은밀히 이동하기 시작한 병력들의 움직임, 그리고 어느새 완성된 전진배치까지.

　그들의 태도는 어느 모로 보나 제국에 대한 도발이었다. 이러한 테파른 왕국의 움직임에 뒤따르듯, 제국 주변 왕국들도 하나 둘 병력들을 앞으로 내세우며 긴장감을 조성해 갔고, 대륙은 당연하다는 듯 '전쟁'이라는 공기를 흩뿌리기 시작했다.

　제국의 백성들도 지금 이 순간만큼은 긴장감을 감추기가 어려운 듯, 거리 곳곳에서 불안감을 내비치며 걷는 이들을 종종 발견할 수 있었다.

자연스레 퍼지는 긴장감에 괜히 어깨가 무거워지는 이 풍경 속으로, 아주 자연스럽게 녹아드는 두 사내가 있었다.

"좋은 공기군."

한 눈에 봐도 조각처럼 생긴 백발의 미남자가 깊게 숨을 들이키며 제국 수도의 거리를 돌아봤다. 이 모습에 곁에서 함께하는 험상궂은 얼굴의 대머리 사내가 나직이 중얼거렸다.

"부족해. 이 정도 긴장감으로는 아직 한참 부족하다."

"뭐… 그건 그렇지. 그나저나 오랜만에 뭍에 올라오니 어떠냐?"

"해적이라고 물만 먹고 사는 거 아니다."

"그런가."

백발사내가 어깨를 으쓱이며 재차 거리를 돌아봤다.

"이곳도 오랜만이네."

한 때는 제집처럼 드나들던 시기가 있었다. 이는 함께하는 대머리사내 역시 마찬가지였다.

신기한 건 그들이 한 사내 밑에서 일을 했음에도, 한 번도 마주친 적이 없다는 것이었다.

"몇이나 있을까?"

문득, 백발사내가 눈을 빛내며 그리 물어왔다. 이에 대머리사내가 입 꼬리를 말아 올리며 답했다.

"우선은 '그'를 만나는 게 먼저지."

백발사내는 그 말이 결코 좋은 의도로 하는 이야기가 아니라는 걸 알고 있었다.

"기어이 붙을 거냐?"

그 물음에 대머리사내가 고개를 끄덕였다.

"안 될 텐데?"

재차 이어진 물음에 대머리사내가 실소하며 답했다.

"될 때까지 기다리다가는 관짝에 들어갈 때까지 무리다."

"허… 해적들은 뒈질 때 수장하고 그런 거 아니었냐?"

"미친놈!"

짧게 타박을 한 대머리 사내였으나, 이내 생각이 났다는 듯 눈살을 찌푸리며 한마디를 더했다.

"그런 놈들도 있기는 하지."

그 말에 한 차례 실소한 백박사내가 재차 처음 질문으로 돌아와 물었다.

"몇 명이나 있을 것 같냐?"

"모르지. 적어도 네 명은 더 있겠지."

"하긴, 네가 여섯 번째니까."

대머리 사내의 말에 백발사내가 납득한다는 듯 고개를 끄덕였다.

"다른 놈들은 실력이 어떠려나?"

이번에는 굳이 대답하지 않았다. 둘 모두 답을 알기 때문이었다.

'만만치 않겠지.'

서로의 실력이 그 증거였다.

"그나저나 돼지고양이라는 놈은 어디로 가야 찾을 수 있으려나."

그들을 이곳으로 부르는데 이용된 연락책을 떠올리며 이리저리 둘러보고 있을 때였다.

"음?"

백발사내의 고개가 일순간 정지했다. 그러더니 한곳에 고정되어 움직일 줄을 모르는데, 이 모습이 의아했던지 대머리사내가 물어왔다.

"뭐냐?"

그러면서 백발사내의 시선을 따라가는데, 저 한편에 세워진 정육점이 눈에 들어왔다.

의아해서 바라보고 있는데, 언뜻 그 안쪽으로 고기를 써는 사내가 보였다.

"달인인가."

대머리사내가 짧게 한마디 던졌고, 백발사내가 고개를 끄덕였다. 그러다 뒤늦게 말문을 열었다.

"대단하군. 저 칼이 고기가 아니라 사람에게 향한다면… 상당하겠어."

한 차례 고개를 끄덕이던 둘의 시선에 흥미로운 광경이
들어왔다.

"허… 능력 좋네."

백발사내가 짧게 중얼거렸고, 동감하는 듯 대머리 사내
가 고개를 끄덕였다.

그도 그렇게 정육점의 주인의 곁으로 웬 소녀가 다가가
말을 거는 걸 본 까닭이었다. 헌데, 그 분위기가 왠지 기묘
했다.

마치 소녀가 정육점 주인으로 보이는 사내에게 관심을
보이는 것 같았기 때문이었다.

"거 참… 나이가 제법 되는 것 같은데."

"능력자군."

잠시간 정육점의 풍경을 감상하던 두 사내는 입맛을 다
시면서 발길을 돌렸다.

이곳으로 온 목적을 이루기 위해서라도, 한시 바삐 돼지
고양이를 찾아야 하는 까닭이었다.

정육점의 사내, 딜럭은 저 거리 한편으로 사라지는 두
사내의 뒷모습을 바라보며 조용히 눈을 빛냈다.

'북방의 서리왕과 바다의 학살자인가.'

암살자로써 활동하려면 정보에 능해야만 했고, 그러다
보니 자연스레 유명한 인사들의 얼굴 정도는 머릿속에

담아둘 수밖에 없었다.

보는 순간 알았다.

'저들이군.'

브라만 대공의 선택을 받은 자들!

'사반트를 찾아가는 거겠지.'

한참 업무에 열중하고 있을 돼지 고양이를 떠올리던 그의 귓가에 부드러운 목소리가 파고들었다.

"무슨 생각을 그렇게 하세요?"

자연스레 그의 시선이 음성의 주인에게로 향했다.

'모네카 라비에라.'

카이스테론 아카데미 습격사건 당시, 그의 도움으로 위기를 벗어날 수 있었던 여인이었다.

'어떻게 알아낸 건지.'

신기한 일이었다. 당시에 굳이 얼굴을 가린 건 아니었다. 하지만 암살자로써 극에 이른 덕분인지, 자그마한 표정변화와 얼굴근육의 미세한 조정 등으로 인해, 복면 같은 건 굳이 사용하지 않아도 정체를 감출 수 있었다.

때문에 당시에도 얼굴을 가리지 않은 채 등장했었다. 그럼에도 불구하고 들키지 않을 자신이 있었기 때문이다.

헌데, 이게 웬일?

〈찾았다!〉

이 외침과 함께 대뜸 그의 정육점으로 들어오던 그녀의

모습에 얼마나 놀랐던가.

한동안 모른 척. 아닌 척 지내며 평범한 정육점의 주인을 연기해왔으나, 더 이상은 숨기기가 어려울 것 같았다. 그래서 물었다.

"어떻게 아셨습니까?"

그 순간 모네카의 눈가에 작은 흔들림이 이는가 싶더니, 이내 꽃이 만개하는 듯 화려한 미소가 피어났다.

"드디어 인정하시네요."

왠지 너무도 눈부신 그 미소에 그만 시선을 피해버렸다. 그런 그의 귓가에 그녀의 대답이 들려왔다.

"눈이요."

'눈?'

"얼굴과 다르게 눈은 바꿀 수 없으니까요."

그날 밤 보았던 딜럭의 눈빛은 지금 이 순간에도 그녀의 머릿속에 또렷하게 그려지고 있었다.

애초에 얼굴 자체는 기억에 남아있질 않았다. 너무 어두운 밤이기도 했고, 딜럭의 안면조정으로 인해 흐릿한 이미지만 남아있던 까닭이었다.

헌데, 그 와중에도 기이할 정도로 눈빛만은 뇌리에 각인되듯 남아있었다.

마치 꿈을 꾸듯, 그 눈빛을 매순간순간 떠올리다 우연찮게 이곳 정육점의 주인과 눈이 마주쳤고, 그녀도 모르게 외쳐버렸다.

〈찾았다!〉

그 순간 비쳐졌던 딜럭의 미묘한 반응에서 확신을 얻을
수 있었고, 이후 제집 드나들 듯 이곳에 발길을 하게 된 것
이다.

딜럭은 잠시 상념에 빠진 모네카의 모습을 바라보다 잠
시 자신의 두 눈을 가만히 비볐다.

'눈이라… 그런 건가.'

그로써는 생각지도 못했던 부분이었다. 어느새 상념을
거둔 듯, 모네카가 물음을 던져왔다.

"그런데 어떻게 부르면 되나요?"

"그게, 무슨…?"

"사호님이라고 부르면 될까요? 아니면 '세간' 님이라고
불러드려야 할까요?"

정육점 주인 세간!

그것이 이곳 수도에서 사용하는 그의 위장신분이었다.
잠시 모네카를 바라보던 그가 작게 한숨을 내쉬며 답했다.

"딜럭이라고 불러주십시오."

그 말에 잠시 놀라는 표정을 지어보이던 모네카가 재차
만개한 미소를 그리며 물었다.

"그게 본명인가요?"

이 질문에는 굳이 대답하지는 않았으나, 왠지 대답을

들은 것 같은 기분에 모네카의 미소는 더욱 화사하게 피어났다.

⬥

"고놈 참… 능력도 좋네."

뒷머리를 긁적거린 제튼이 가만히 딜럭의 모습을 바라보다, 저 거리 한편으로 시선을 돌렸다. 백발과 대머리가 보였다.

'왔구나.'

마졸들이 하나 둘 찾아들고 있었다. 이들 셋 외에도 도착한 이가 있었으니, 산의 제왕이라고 불리는 팔룬이었다.

단지, 무슨 이유에서인지 제국 수도에는 들어오지 않은 채, 수도 외곽만 빙빙 돌고 있다는 점이었다.

'뭐, 대충 짐작은 가지만.'

브라만 대공에게 워낙 당한 것이 많아서 선뜻 이 안으로 들어올 용기가 안 나는 모양이었다.

"그놈은 천천히 기다리면 될 테고."

거기까지 생각하던 제튼의 시선이 다른 방향으로 돌아갔다. 어렴풋이 거리 너머로 보이는 건물들이 몇 개 있었는데, 그 건물들과 관련된 장소가 이번에 수도를 들썩이게 만든, 귀족 아카데미가 있는 곳들이었다.

'생각보다 빨리 처리가 됐군.'

이번 습격 사건으로 인해 중앙과 지방 귀족들의 갈등을 극도로 심화시키는 결과가 나왔다.

강경파의 주장이 우위에 선 까닭이었다.

"쯧! 아이들을 미끼로 삼다니."

결국, 기사단이 움직이고 귀족 아카데미의 습격자들을 몰아내는데 성공했다. 하지만 그 과정에서 학생들이 적잖게 다치거나 희생당하는 사고가 발생하고야 말았다.

귀족들간의 갈등이 심화되는 도화선이었다.

"이 와중에 전쟁이라."

주변 왕국들의 분위기를 전달받았다. 타이밍이 실로 절묘하다는 생각이 들었다.

"그러게. 이 와중에 전쟁이라니. 골 때리는 상황이지."

갑작스레 끼어드는 음성이 있었다. 이미 접근을 알고 있었던지 제튼은 전혀 놀라지 않은 채 말문을 건넸다.

"많이 복잡하냐?"

"당연하지. 제국이라는 쓸데없는 명성에 대가리들만 굵어졌어."

고개를 절레절레 흔드는 여인을 보며 제튼이 쓰게 웃었다.

"머리 아프게 생각하지 말고, 검작공답게 조져."

"내가 너냐."

오르카는 고개를 눈살을 찌푸리며 제튼의 옆에 나란히 섰다. 그녀의 옆모습을 잠시 바라보던 제튼이 재차 물었다.

"황제는?"

"…걱정 돼?"

"……."

굳이 답하지는 않았다. 그 모습이 얄미웠을까? 오르카 역시 대답하지 않았다.

"뭐 하러 온 거야?"

오히려 다른 질문으로 화젯거리를 돌려버렸다. 제튼이 오르카를 바라보며 답했다.

"네가 오라며."

확실히 그런 통신을 보내기는 했었다.

⟨제자 문병은 안 오냐?⟩

한참 요양 중인 쿠너에 관한 언급에, 잠시 주저하던 제튼도 결국 이곳으로 발길을 한 것이다.

"올 거면 한참 빌빌거릴 때 왔어야지."

"많이 안 좋냐?"

"뭐… 확실히 회복력이 남달라서 그런지, 이제는 대충 살만해 보이더라."

그 말에 제튼이 고개를 끄덕였다. 쿠너가 익힌 연공법이

비록 그 성장속도는 느릴지언정, 안정성은 단연 손에 꼽힌다고 할 수 있었는데, 이 안정성 부분에는 회복력 역시 포함되어 있었다.

"뭐, 멀쩡하다면야 굳이 급할 건 없겠네."

그러면서 이곳을 찾은 실제 이유를 언급했다.

"그녀석이 있는 곳은 어디야?"

"누구?"

"괴상하다는 놈."

"아! 그 놈."

오르카는 즉각 쿠너를 부상 입힌 장본인을 떠올렸다.

"왜? 제자 복수라도 해주게?"

그 말에 어깨를 으쓱거린 제튼이 가볍게 한마디로 답했다.

"호기심."

❖

가면사내는 계획이 또 한 차례 어그러졌다는 걸 깨달았다.

"아카데미 정리가 이렇게 늦어질 줄이야."

귀족 아카데미를 습격한 이들을 처단하고자 강경파가 목소리를 높이고, 빠르게 귀족 아카데미 탈환전이 시작 될 거라고 여겼다.

하지만 생각보다 지방 귀족들의 목소리가 컸고, 생각 이상으로 회의가 질질 끌렸다.

그리고 이 덕분에 귀족 아카데미를 점령하고 있던 그레이브 습격자들의 전력이 급감하게 된다.

'부작용이 발생하기 전에 끝을 봤어야 하건만.'

운트를 모방하여 개량한 또 다른 실험체들. 그들 중 일부가 이번 귀족 아카데미 습격에 참여했었다.

정예가 아닌 이들을 이끌고 전투를 치르려다 보니, 그들의 움직임이 더욱 활발해야만 했고, 자연스레 '부작용' 역시 빠르게 발생해버렸다.

실험으로 재탄생된 그들은 한계 이상의 힘을 낼 수는 있었으나, 이후 시간이 흐르면 점점 약해지는 부작용을 지니게 되어버렸다.

이를 해결하려면 적당한 요양과 관리가 필요하건만, 이번에는 그럴 시간이 없었다.

덕분에 귀족들의 회의가 길어지면 길어질수록 초조해져 갔다.

그들의 힘이 남아있을 때, 억지로 사건을 일으키는 것도 생각해 봤으나, 이내 제국 귀족들간의 자체적인 갈등을 위해서라도, 너무 자극하는 건 좋지 않다고 여겼다.

그리고 결국 갈등은 심화되었고, 강경파의 발언에 의해

강압적인 귀족 아카데미 탈환이 시작되었다.

하지만 이미 부작용이 극에 달한 상황인지라, 그레이브의 습격자들은 너무도 허무하게 자리를 내어주고, 인질을 빼앗길 수밖에 없었다.

그 와중에 희생자가 발생하기는 했으나, 그 수가 애초 계획보다는 적었다.

'중앙과 지방 귀족들 사이의 대립구도가 완성돼서 다행이지. 아니었더라면….'

다시 생각해도 오싹해지는 부분이었다.

'그나저나….'

문득, 그의 머릿속으로 하나의 얼굴이 떠올랐다.

"언제쯤 나오시려는지."

그레이브의 수장인 운트를 잠시 그리던 그가 이내 고개를 흔들며 다시금 계획수정에 집중해갔다.

◈

집행일 아침이 되어서야 일주일이라는 시간이 흘렀다는 걸 알았다.

그리 길지 않은 시간이었으나, 이제 막 본격적인 활동을 시작한 조직의 여로를 생각해본다면, 결코 적지 않은 시간이라 할 수 있었다.

특히, 그의 위치를 생각해 본다면, 더더욱 지금 상황은 좋질 못했다.

'수장이라는 놈이 이러고 있으니.'

운트는 전신에 채워진 족쇄를 보고 있노라니 절로 실소가 나왔다.

괴이한 방법으로 오러를 제압해놓은 상태에서, 또 다시 마법구속구가 채워지며, 완벽히 오러를 봉인시켜놓은 것이다. 움직임까지 통제되어 여지없이 죽음만 기다려야 할 판국이었다.

'여기서 죽어줄 수는 없지.'

이 중요한 시국에 그의 부재는 조직의 사기에 영향을 미칠 수도 있었다. 그의 존재를 아는 건 극소수뿐이라고는 하나, 그 소수의 인원들이 조직을 이끌어가는 핵심이라는 걸 생각한다면, 결코 가볍게 여길 수 없는 인원이었다.

"후우우우우우….."

호흡을 고르며 천천히 내부에서 약동하는 기운을 느꼈다. 실험에 의해 탄생한 또 다른 '심장'이 은은한 박동을 내비치고 있었다.

'정말로 드래곤 하트일까?'

실험에 돌입하게 전에 들었던 '심장'의 정체가 생각났다.

'사실이려나.'

잠시 아리송한 얼굴이 되었던 그가 다시금 기운의 흐름에 집중했다.

그와 동시에 '하트'를 중심에 둔 또 다른 기운들이 움직임을 보이는데, 족쇄와 오러 억제술의 반동인 듯, 강한 충격이 내부를 두드렸다.

'이 정도쯤이야.'

지금은 통각을 다시 일깨웠기에 고통이 그대로 밀려들어 왔으나, 이미 육체개조 당시에 상상 이상의 고통을 느껴본 바가 있기에, 충분히 감당 가능한 영역이었다.

'이 정도는 준비운동 수준이지.'

그리 생각을 하고는 있으나, 표정자체는 잔뜩 굳어있어서 생각보다 고통이 심하다는 건 알 수 있었다.

하트를 중심으로 기운들이 휘몰아치는 게 느껴졌다. 그 흐름이 점차 커지고 절정에 이르렀을 때, 몸을 구속하고 있던 압력이 씻겨나갔다.

"휘유우우우우…."

진하게 흘러내리는 땀방울이 조금 전 사투가 결코 쉽지만은 않았다는 걸 증명해줬다.

잠시 숨을 고르던 그가 족쇄를 향해 시선을 보냈다.

'내부가 문제였지 이런 것 정도쯤은….'

"흡!"

짧은 기합성과 함께 족쇄들이 부서져 내리기 시작했다.

파파파팡!

동시에 전신에서 뻗어 나온 기운이 주변을 사납게 뒤흔들었다. 그간 억제되어 있던 기운이 발산되며 일어난 현상이었다.

"쿨럭…."

한 모금의 핏물이 입술을 비집고 흘러나왔는데, 이는 강제로 오러 억제술을 풀어낸 여파였다.

게다가 이곳을 벗어나기 위하여 한계치 이상의 힘을 억지로 끌어내기까지 했다. 내부가 상하는 건 어쩔 수 없었다.

'장소가 장소니만큼.'

제국의 암굴이라고 불리는 이곳에서 빠져나가려 한다면, 본신능력만으로는 부족할 터였다.

앞으로 있을 탈출계획을 구상하며, 긴장감을 고조시키려는 찰나,

"독특한데."

갑작스레 끼어든 음성에 가슴이 덜컥 내려앉았다.

'누가?'

깜짝 놀라서 목소리의 주인을 찾아 고개를 돌렸다. 그리고 바로 뒤편에서 하나의 그림자를 확인할 수 있었다.

오러를 일깨운 덕분일까? 아니면 이곳에 익숙해진 까닭일까? 어둠 속에서도 선명하게 상대를 확인할 수 있었는

데, 이를 통해서 확인한 얼굴이 그의 사고를 정지시켰다.

"브라만… 대공?"

힘겹게 내뱉은 한마디가 상대의 정체를 알려줬다.

"나를 알아?"

그러더니 혼잣말처럼 몇 마디 중얼거린다.

"그레이브에서는 일반요원도 날 아는 건가?"

의문을 내비치는 제튼의 모습에 새로운 목소리가 끼어들었다.

"설마 마스터급이 일반요원이겠니."

운트의 얼굴에 또 다시 경련이 일어났다. 브라만 대공 외에도 그의 이목을 속이고, 이처럼 가까이 다가올 수 있는 존재가 있다는 게 충격이었다.

게다가 이 목소리는 또 무엇인가.

'여자?'

자연스레 머릿속에 떠오르는 여인이 한명 있었다.

'검작공!'

바싹 굳어버린 그의 표정을 아는지 모르는지, 제튼은 유심히 그의 전신을 살펴보느라 바빴다. 잠시 그렇게 살펴보던 제튼이 이내 무언가를 알았다는 듯, 고개를 끄덕이며 중얼거렸다.

"흐음… 그렇군. 오행을 기반으로 둔 건가."

마법이나 주술 등, 무공 외적인 방면에 대해서는 크게

아는바가 없는 까닭에 완벽히 이해한 건 아니었으나, 기운에 민감한 제튼의 감각이 운트에게 행해진 실험의 일부를 엿보게 만들어줬다.

"오행의 중심에 있는 건… 드래곤 하트?"

벨로아와 라바운트 덕분에 이제는 너무도 익숙해져버린 기운이었다. 잠시 놀라는 기색을 내비치던 제튼이 다시금 이야기를 이었다.

"드래곤 하트의 마나를 다섯 가지 기운으로 변환했군. 강대한 기운을 다섯으로 쪼개서 육신에 가해지는 부담을 덜어준 건가."

기운의 순환 흐름을 보니 나쁘지 않은 방식이라고 여겨졌다.

"마치… 오러홀이 다섯 개가 생긴 것 같네."

게다가 이 다섯 기운들은 서로 적절한 충돌을 일으키며 상생작용을 발휘해, 지난바 기운 그 이상의 위력을 발현하는 것 같았다.

제튼은 운트의 바다와 같아 보이던 오러의 핵심을 정확히 짚어내고 있었다.

마치 혼잣말처럼 중얼거리고 있었으나, 이곳에는 오르카와 운트 역시도 존재했다. 오르카는 의문을 운트는 경악을 내비치며 제튼을 바라보고 있었다.

"…어떻게?"

경악성 끝에 내비친 한 줄의 의문성이 제튼의 이야기가 정답이라고 알려왔다.

"이쪽에도 오행에 대한 지식이 있었던가?"

그러거나 말거나 제튼은 여전한 태도로 혼잣말처럼 분석만 하고 있을 뿐이었다.

"정령술을 뒤졌으려나?"

그리고 이 혼잣말은 너무도 정확하게 운트의 비밀을 파고들었다. 덕분에 운트의 얼굴은 수시로 굳어지고 경련을 일으키는 등, 제 표정을 찾을 시간이 없었다. 그리고 이를 통해서 제튼 역시도 혼잣말의 결론을 명확히 낼 수 있었다.

"정답인가. 정령술이라… 확실히 오행과 어울리기는 하지."

거기에서 잠시 제튼의 혼잣말이 멈췄다. 그러며 재차 운트의 신체를 살피는데, 이 모습에 정신이 번쩍 든 운트가 급히 기운을 끌어올렸다.

파파파팍!

그의 주변 공기가 격하게 요동치며 사나운 기세가 휘몰아쳤다. 이에 제튼을 응시하던 오르카의 시선이 운트에게로 향했다.

"마스터였던걸로 기억하는데?"

그녀의 의문은 당연한 것으로써, 쿠너와의 전투에서 비

쳐졌던 운트의 기세와 지금 보여주는 기세는 그 차이가 명확했던 까닭이었다.

"겨우 며칠 사이에 경지를 넘었다고?"

이런 그녀의 의문을 풀어준 건 제튼이었다.

"선천… 생명력을 담보로 끌어낸 힘인가. 그래봤자 겨우 반걸음 내딛은 수준일 텐데."

그 반걸음이 별의 영역 그 너머에 닿아 있다는 게 문제이기는 했으나, 안타깝게도 제튼과 오르카에게는 포함되지 않는 이야기였다.

"어쩔 생각이야?"

오르카의 물음에 제튼이 운트를 바라보며 답했다.

"우선은 가볍게 간 좀 보고."

그 말과 동시에 운트의 신형이 그에게로 파고들었다. 좁은 공간에서 할 수 있는 건 박투술 뿐이었다.

우우우웅…

전신을 가득 메운 오러의 갑주가 운트를 보호하는 게 눈에 들어왔다. 그 상태에서 밀어붙이는 몸통 박치기는 확실히 압도적인 느낌이 강했다.

'하지만!'

눈을 빛낸 제튼이 오러의 갑주를 무시하듯이 손을 뻗었다.

터틱!

그러며 한 손으로 운트의 돌진을 막아내는 게 아닌가.

운트가 입술을 잘근 깨물며 몸을 비틀었다.

'역시 브라만 대공! 이 정도로는 안 된다는 건가.'

제튼 역시 남들보다 큰 체구지만, 운트는 거기에서 머리 하나는 더 있어 보이는 거구였다. 그 육중한 몸이 이 좁은 공간에서 한 번씩 꿈틀거릴 때면, 절로 공간 자체가 흔들리는 위압감이 있었다.

그런 거구가 몸을 반 바퀴나 돌리며 팔꿈치를 뻗어오니, 절로 위압감이 배가되는 느낌이었다.

자신의 관자놀이를 향해 날아드는 그 날카로운 일격에, 제튼은 반걸음 앞으로 다가갔다.

퍼억!

제법 묵직한 소리가 제튼에게서 터져나왔으나, 팔꿈치가 아닌 어깨 아랫부분의 팔등에 어설피 맞은 탓에, 소리와 달리 별다른 타격은 없어 보였다.

그리고 어느새 둘의 거리는 완벽히 제로가 되어있었는데, 이 상태에서 제튼이 내보인 행동은 의외의 것이었다.

툭. 툭.

몇 차례 운트의 몸 두어곳을 찌르더니, 휙 하니 몸을 빼내는 게 아닌가.

"크윽!"

별 거 아닌 행동이건만 운트의 입에서 터져 나온 신음성

은 또 무어란 말인가. 뒤편에서 지켜보던 오르카의 눈에
불이 들어왔다.

"그거… 점혈인가 뭔가 하는 요상한 기술이지?"

그녀의 물음에 제튼이 운트에개서 시선을 떼며 대답했다.

"그 단어, 내가 말해 준 적이 있던가?"

"기억 안 나? 예전에 나한테 작업걸 때 몇 번 보여줬었
는데."

"쯧!"

천마에 대한 욕설을 애써 삼켜야만 했다.

이런 그의 등 뒤로 전투가 한창이던 와중에 무시당한 운
트가 이를 악 물며 그를 노려보고 있었다. 하지만 안타깝
게도 이렇다 할 행동을 취하지는 못했다. 이미 운트의 신
체는 더 이상의 전투가 불가능한 상황이었기 때문이다.

'젠장! 몸이 안 움직이다니.'

겨우 몇 번의 단순한 손가락질에 신체가 다시 구속된 것
이다.

"내게 무슨 짓을 한 거냐?"

다행히도 목소리가 막힌 건 아니었기에 질문은 던질 수
있었다.

"뭐, 별 건 아니고…."

이야기를 하던 제튼이 돌연 말끝을 흐리더니 운트의 뒤
편으로 시선을 보냈다. 오르카 역시 무언가를 느낀 듯, 그

171

와 같은 곳을 바라보고 있었다.

"우선은 여길 좀 나간 뒤에 생각해보자고."

돌연 제튼이 그 말과 함께 운트를 둘러멨다.

콰앙!

이내 방문이 격하게 열리며 암굴의 병력들이 들이닥쳤
으나, 이미 세 사람은 그곳에서 사라진 뒤였다.

　　　　　　　　　◈

어느새 도착한 것일까? 흐릿한 정신 때문인지, 본능이
이끄는대로 움직이며 헤매던 끝에, 가까스로 바라던 장소
에 발을 딛을 수 있었다.

"틈새…."

잠시 고향의 풍경을 감상하는 그에게로 하나의 기척이
다가들었다.

"알콘?"

의문성 섞인 목소리가 그를 불렀다. 이에 고개를 돌려보
니, 너무도 익숙한 검은 머리와 눈동자가 시야에 잡혔다.
잠시간 상대의 이름을 떠올리려 노력하자 겨우 기억해낼
수 있었다.

"바몬."

그 한마디를 입에 올리는 사이, 바몬은 이미 알콘의 상

태가 이상하다는 걸 눈치 챘다.

그도 그렇게 이곳 틈새의 사도들 중에서도 가장 뛰어나다고 알려진 알콘이 아니던가. 그런 그가 왠지 모를 어눌한 말투를 쓰고 있었다.

게다가 항상 맑게 빛나던 눈동자가 너무도 흐릿한 탁색을 띄고 있는 것 역시 의문을 제기하고 있었다.

'애초에… 죽었다던 녀석이 왜 여기에 있는 거지?'

당연한 의문들이 머릿속에 떠오르는 그 때에, 알콘이 대뜸 걸음을 내딛는 게 보였다.

"멈춰!"

급히 그의 발길을 막아 세웠다. 그러며 물었다.

"어딜 가는 거지?"

이번에는 생각할 시간이 필요 없었다.

"집!"

단 한마디로 답한 알콘이 다시금 걸음을 내딛는데, 이 모습에 바몬은 잠시간 판단을 내리지 못한 채, 그 뒷모습만 바라봐야 했다.

"후우…."

짧게 한숨을 내쉰 그가 할 수 없다는 듯, 알콘의 뒤를 따랐다.

'수호자님들께 보고를 드려야겠군.'

상대가 사도들 중에서도 가장 뛰어났던 알콘이니 만큼,

여러모로 신중해질 수밖에 없었다. 특히, 대사제 데카르단의 깊은 관심을 받던 존재니 만큼, 선뜻 손을 쓰기도 어려웠다.

때문에 대사제와 마찬가지로 그들 혈통의 주인이라 할 수 있는 수호자들에게로 판단을 미룬 것이다.

'만약… 알콘이 아니라면?'

그의 형상을 한 '불청객'이라면 그 때에 움직여도 늦지는 않았다.

❖

눈 깜짝할 사이에 장소가 바뀌었고, 어둠은 밝음으로 전환되었다.

운트는 갑작스레 찾아든 밝은 태양빛으로 인해, 암굴에 적응되어 있던 눈이 고통에 물드는 걸 생생히 경험할 수 있었다. 그나마 다행이라고 해야 할까? 인체실험의 작용인 듯 시야이상은 빠르게 회복되었다.

"날씨 좋지?"

문득 들려온 음성에 시선이 옆으로 돌아갔다. 주변이 한층 선명해진 덕분인지 상대의 얼굴을 더욱 또렷하게 확인할 수 있었다.

'브라만 대공.'

순식간에 얼굴이 벌겋게 물들었다. 분노가 머리끝까지 치솟은 까닭이었다. 하지만 뻣뻣하게 굳은 육신으로 인해 활화산 같은 불꽃을 내뱉을 수가 없었다.

"얼굴 터지겠다."

시기적절한 제튼의 한마디가 더욱 속을 긁었다. 이를 악물며 애써 가슴을 진정시키는데, 돌연 제튼의 손이 그의 가슴을 두드리고 지나가는 것이 아닌가.

"쿨럭!"

동시에 한 줌의 핏물이 뿜어져 나오더니 가슴이 시원해졌다.

'이게… 무슨?'

의문을 내비치며 제튼을 바라보는 찰나, 자신의 육신이 뜻대로 움직인다는 걸 깨달았다.

"속 좀 풀어 났다."

그러면서 제튼이 손을 까딱였다.

"와 봐. 다시 제대로 간 좀 보자."

겨우 잠재웠던 울분이 재차 터져 나왔다.

"으아아아ー!"

기합성인지 절규인지 모를 외침을 내지르며 운트의 신형이 전방으로 쏘아졌다.

어느새 전신을 두른 오러의 갑주가 시리도록 매서운 기세를 내뿜고 있었으나, 제튼은 앞서와 같은 태도로 이를 맞이했다.

파파파파파팡!

한 순간 몸이 부딪치고, 팔다리가 교차되는 듯, 수십여 차례의 공격이 이어졌다.

"단순해."

제튼의 짧은 그 한마디가 운트의 공세를 정의내렸다. 이에 더욱 발끈한 듯, 운트의 주먹에 힘이 잔뜩 들어갔다.

웅…웅…웅……

마치 검명이 울 듯, 주먹 위로 공명성이 흘러나오며 강대한 기운이 집결되는 게 보였다.

"호오!"

이를 알아본 제튼의 두 눈에 작은 감탄사가 스쳤다.

"오러 스피릿?"

오르카 역시 이를 파악한 듯, 기운의 정체를 입에 올렸다. 그녀는 제튼과 달리 크게 놀란 눈치였다.

이런 그녀를 향해 제튼이 말을 건넸다.

"짝퉁이야."

시선이 잠시 돌아간 그 순간, 운트의 주먹이 전방으로 뻗어졌다.

쫘르르릉!

천둥과 함께 번개가 대지 위를 가로질렀다.

"하-!"

그 순간 터진 제튼의 기합성이 뇌전의 길목을 비틀었다.

콰아아아아아…

옆으로 비껴나간 빛줄기가 후방의 대지를 사납게 들어내는 소리가 들렸다. 그 거대한 굉음이 조금 전 일격의 위력을 말해주고 있었다.

"힘 하나는 좋네."

제튼이 그 말과 함께 슬쩍 뒤를 돌아봤다. 한 눈에 봐도 어마어마한 공간이 뒤집어진 게 보였다.

그리고는 다시 시선을 운트에게로 돌리니, 눈에 띄게 핼쑥해진 모습을 볼 수 있었다.

"무리했군."

제튼의 말에 운트가 이를 악 물었다. 그 말이 틀리지 않았던 까닭이었다. 하지만 실질적으로 기력을 뽑아간 건, 전력을 다한 그의 일격을 너무도 쉽게 받아내던 제튼의 모습 때문이었다.

'겨우, 기합성만으로 그걸…'

믿기지 않는 상황이었으나, 눈앞에서 벌어진 현실이었다. 심적 충격이 육체에 도달하며 즉각 반응을 내보였다.

"쿨럭!"

또 다시 핏물이 입술을 비집고 흘러나왔다.

"심지가 약하군."

비수처럼 찔러오는 제튼의 그 한마디가 가슴에 커다란

멍울을 새겼다.

"으득…."

또 다시 넘어오려는 핏물을 애써 억누르며 이를 갈았다.

"뭐, 눈빛은 나쁘지 않네."

수시로 흘러나오는 그의 평가에 매 순간 머리가 달궈졌다. 하지만 앞서와 같이 달려들지는 않았다. 이미 한 차례 제튼의 실력을 보고 나자, 타오르는 감성보다 억누르는 이성이 앞서가기 시작한 것이다.

이런 그들의 대치 사이로 오르카의 음성이 끼어들었다.

"가짜라는 게 무슨 소리야?"

앞서 제튼의 '짝퉁' 발언에 대한 의문이었다. 그러자 제튼이 운트에게 향하던 시선을 그녀에게로 보내는데, 이번에도 운트는 달려들지 못했다. 이미 감정의 불길이 제압당한 상태였던 것이다.

이런 그의 상황을 아는지 모르는지, 제튼은 태연히 오르카의 질문에 답하고 있었다.

"말 그대로야. 오러 스피릿처럼 보이지만, 오러 스피릿은 아니라는 거지."

"그럼 뭐야?"

"오러 스피릿이지."

이건 또 무슨 개똥같은 소리란 말인가. 아니라고 했다가 맞다고 말을 바꾸는 그의 괴상한 어법에 오르카가 팔을 걷어붙이며 물었다.

"나랑 싸우자는 거지?"

그 모습에 제튼이 실소하며 고개를 저었다.

"오러 스피릿이라는 게 뭐라고 생각해?"

그러며 역으로 질문을 던져오는데, 화낼 타이밍을 놓쳐버린 듯 팔을 걷던 자세 그대로 오르카가 눈살을 찌푸렸다.

"의지!"

그녀의 짧은 대답에 제튼이 재차 실소하며 입을 열었다.

"그래. 의지의 힘이지. 하지만 워낙 특별한 힘이라서, 순수한 오러의 정수만이 이 의지의 힘을 담을 수 있지."

그리고 사람에게 있어서 이 순수함과 가장 가까운 건 하나였다.

"생명력!"

제튼은 그 말과 함께 운트를 잠시 바라봤다.

"저놈의 오러에는 그 생명력이 담겨있어."

그리고 이 생명의 힘이 극대화되자 오러 스피릿이 깨어난 것이다.

"선천지기를 담아내기는 했지만, 진짜는 아니지."

"선천… 뭐?"

오르카의 의문성에 제튼이 슬쩍 대답을 피했다. 생각이

말에 섞여 나오며, 나와서는 안 될 단어가 튀어나온 까닭이었다.

"인체실험을 한 것 같은데, 아마도 그 실험으로 생명의 기운을 끄집어 낼 수 있게 된 모양이야."

빠르게 이야기를 진행시키며 화제전환을 막았다. 그리고 이는 정확히 들어 먹혀 오르카의 시선을 운트에게 집중시켜 주었다.

"그걸로 오러 스피릿을 흉내 냈다?"

내심 안도의 한숨을 쉰 제튼이 말을 받았다.

"뭐, 그렇지."

"그래서 가짜다?"

"온전한 생명력이 담겼다면 잠시라도 진짜가 되겠지. 하지만 저 녀석은 괴상한 방법으로 기운을 끄집어 낸 거야."

게다가 내어온 생명력이 중심축에 있는 것도 아니었다.

"중심은 어디까지나 드래곤 하트! 제것도 아닌 게 중심을 잡고 있는데, 어떻게 진짜가 될 수 있겠어. 가짜는 가짜지만 생명력이 담겼으니, 어설픈 진짜처럼 보이기도 하겠지."

그 순간 오르카는 한 가지를 걸고 넘어졌다.

"자꾸 드래곤 하트라고 하는데, 마치 드래곤을 직접 본 것처럼 들린다?"

굳이 이 질문에는 답하지 않았다. 그저 가벼운 미소만 내비쳤고, 그것만으로도 충분히 화젯거리가 되기에는 충분했다.

"만났구나!"

오르카의 외침은 그녀 혼자만이 아닌, 듣고 있던 운트까지도 경악하게 만들었다.

"정말로 드래곤이 있을 줄이야."

마치 확신어린 대답을 들은 것 마냥 행동하는 그녀의 태도에 제튼이 쓰게 웃었다.

천마와 그는 달랐다. 그리고 오르카는 천마를 알고 있었다. 헌데, 너무도 당연하다는 듯 제튼의 태도를 읽어내고는 하는 모습이 간혹 그를 씁쓸하게 만들었다.

그의 무의식에 천마가 남아있음을 느끼게 하는 까닭이었다.

"혹시… 붙어봤어?"

이어지는 그녀의 물음에 제튼은 슬쩍 시선을 피했고, 이번에도 그녀는 답을 유추해냈다.

"맙소사! 붙었구나. 붙었어. 결과는…."

오르카는 말을 아꼈다. 승패가 어찌 나왔는지는 알 수 없었으나, 제튼이 여전한 모습으로 이곳에 존재한다는 것이 중요했다.

입을 벌린 채 쳐다보는 오르카의 모습에 제튼이 쓰게 웃으며 운트에게로 시선을 돌렸다. 잠시 오르카의 사고가 멈춘 틈을 타, 본론으로 들어가고자 한 까닭이었다.

"너 정체가 뭐냐?"

그 물음에, 오르카처럼 경악성에 넋을 놓고 있던 운트의 정신이 제자리로 돌아왔다.

"무슨… 뜻이지?"

그러며 정확한 의도를 물어온다. 이에 제튼이 눈을 빛내며 입을 열었다.

"드래곤 하트처럼 귀한 걸 사용한 놈이 그저 소모용 전력이라고 생각되지는 않는단 말이지."

그러면서 재차 물었다.

"너는 그레이브의 뭐냐?"

운트의 얼굴 위로 짙은 긴장감이 맴돌았다.

◈

주변 왕국들의 대대적인 병력이동으로 인해 제국의 긴장감이 고조되며, 당장이라도 전쟁이 일어날 것 같은 상황이었으나, 단 한 사람만은 무대가 완성되지 않았다는 걸 느끼고 있었다.

'눈치만 보고 있군.'

가면사내는 제국 주변 왕국들의 분위기를 전해 받은 뒤

그렇게 결론을 내렸다.

때문에 머리가 아팠다.

'이럴 때에 영웅이 필요한 것인데.'

그레이브의 수장인 운트의 존재가 절실해졌다. 그는 망국의 사자라는 그레이브의 멤버들 중에서도 특별한 존재였다.

왕위 계승자!

제국전쟁 이전, 동대륙에서 가장 오랜 역사를 자랑하던 카르하난 왕실의 혈족이 바로 그의 정체였다.

게다가 직계로써 정통성마저 지닌 만큼, 그의 등장은 여러모로 이변이 될 수 있었다.

아르바운트 아우젠 카르하난!

그의 원래 이름으로써, 지금 사용하는 이름은 과거의 끝자락을 따로 떼어서 만든 가명이었다.

〈제국전쟁에 희생된 왕실의 계승자가 등장하여 망국의 사자들을 이끈다.〉

여기에 더해,

〈거기에 그 실력이 대륙의 별들마저도 압도할 만큼 뛰어나다.〉

그리고 이런 실력자가 전장의 선두에 선다!

'원래라면 브라만 대공 못지않을 실력으로 주변 왕국들을 자극해야 하지만.'

안타깝게도 9년여 전에 발생했던 사건으로, 브라만 대공의 실력이 알려진 것 이상이라는 걸 알게 되었다.

'대공에는 못 미치지만….'

그래도 충분히 별의 영역에 오른 강자이며, 그들 중에서도 선두에 꼽힐만하다고 여기는 실력자였다.

때문에 운트의 존재는 여러모로 지금 상황에 중요할 수밖에 없었다.

'대체… 언제쯤 나오시려는 건지.'

아닌 듯 행동하려 하지만, 슬슬 초조한 감정이 그의 가슴을 두드리고 있었다.

＊

갑작스레 발생한 암굴의 탈옥사건에 제국 귀족들이 황궁으로 모여들었다.

다급히 대회의가 열렸지만, 아무래도 제대로 된 회의진행은 어려워 보였다. 그도 그렇게 제국을 크게 들쑤셨던 무리의 일원이 도주한 사건이 아니던가.

"그러게 당장 잡아 죽여야 한다고 하지 않았습니까!"

"그야말로 제국 역사에 길이 남을 치욕입니다."

"이 사실이 주변국에 퍼지면 그야말로 망신도 이런 개망신이 없을거요."

당연히 그 분노가 클 수밖에 없었다.

특히, 아카데미 사건으로 친인의 피를 본 이들은 유독 그 열기가 뜨거웠고, 자연히 회의 분위기는 상처 입은 맹수들의 사나운 울부짖음만이 그득할 뿐이었다.

이 순간만큼은 저들과 반대되는 위치에 있던 이들도 숨을 죽이고 있었다. 괜한 불똥에 맞고 싶지 않았기 때문이었다.

그렇잖아도 대립과 갈등으로 좋지 않은 분위기였다.

자칫 말 한마디 잘 못 나왔다가는 그 즉시 칼부림으로 이어질지도 모른다는 긴장감이 형성되어 있었기에, 지금은 말을 아끼고자 하는 것이다.

마르셀론 공작은 두 눈을 감은 채, 이 뜨거운 공기를 온몸으로 만끽했다.

기대 이상으로 대립과 갈등이 심화되었다는 생각이 들자, 절로 기분이 나아지려 했다. 하지만 억지로 표정을 굳힌 채 딱딱한 얼굴을 유지했다.

다가올 소식을 대비하기 위함이었다.

그리고 잠시 후,

"마르셀론 영지가 함락 당했다고 합니다!"

감겨있던 눈이 번쩍 뜨였다.

'드디어!'

기다리고 있던 사건이 발생한 것이다.

"……."

조용히 대전을 돌아보는 그의 시선에 맞춰, 한창 시끄럽게 떠들던 귀족들의 목소리가 잦아들었다. 그리고 이내 숨소리만이 남게 되었을 때, 마르셀론 공작이 침묵의 정을 두드렸다.

쾅!

그의 주먹이 의자의 팔걸이를 내리치는 소리가 천둥마냥 대전을 흔들었다.

"하나 같이 주둥이만 살았군!"

상당히 거칠게 느껴지는 언사였으나, 지금 이 순간만큼은 누구도 이를 제지하지 못했다. 그도 그렇게 자신의 영지가 함락당한 상황이었다. 그 분노가 얼마나 클지 짐작조차 가지 않았다. 때문에 애먼 불똥이 튈까 숨을 죽이는 것이다.

이 순간만큼은 파스카인 공작마저도 한 발 물러선 상태였다. 귀족파의 수장격인 그마저 입을 다문 상황이니 만큼, 감히 마르셀론 공작의 호흡을 끊어낼 이는 존재치 않았다.

"그래, 그렇게 열심히 떠들어댄 결과가 이건가?"

분노를 가득 담은 그의 눈빛이 귀족들을 하나하나 파고들었다. 그것은 결코 연기가 아닌 진심의 열기로써, 애초에 그가 저들 귀족들에게 느끼고 있는 광기가 내비쳐진 것이었다.

때문에 누구도 그것을 거짓이라고 느끼지 못했고, 당연하게도 영지와 관련된 감정의 표출이라고 여겼다.

"더 이상 네놈들 장단에는 못 맞춰 주겠군."

그러며 자리에서 벌떡 일어났다. 그러며 의도적으로 귀족파의 일원들을 하나하나 돌아본다, 뒤이어 지방귀족들역시 일일이 눈에 담는 행동을 비쳤다.

그리고 이런 그의 모습은 황실파와 귀족파의 대립을, 중앙귀족과 지방귀족간의 갈등을, 한층 더 극심하게 만들 것이 분명했다.

마르셀론 공작이 남긴 기묘한 여운 때문일까?

그가 대전을 나가고 난 뒤, 한참이 지나도록 회의는 진행되지 못했고, 결국 그날의 회의는 흐지부지 끝을 맺을수밖에 없었다.

◈

치욕적인 패배였다.

특히, 무엇보다 그를 괴롭게 하는 건, 아직까지 그 숨이붙어있다는 점이었다. 기뻐해야 할 부분이었으나, 이상하게도 가슴이 답답하고 울분이 치솟았다.

'당연한 건가….'

원수에게서 자비를 받은 것이다. 어찌 기쁠 수 있겠는가. 반대로 가슴속 가득 독기가 쌓일 수밖에 없었다.

문득, 브라만 대공이 남긴 마지막 말이 떠올랐다.

〈원래라면 너 같은 놈들은 '전초제근(剪草除根)' 하는 게 당연하지만, 빌어먹을 성격이 옳았나 보다. 젠장!〉

그러더니 대뜸 자리를 뜨는 게 아닌가. 이해할 수 없는 용어였으나, 그리 좋은 의미는 아니었을 거라고 여겨졌다.

분명한 건 그가 자비를 베풀었고, 비참하게 살아남았다는 것이다. 더욱 그의 기분을 참담하게 만드는 건, 그가 돌아서 멀어지는 그 순간까지, 감히 더는 달려들지 못했다는 것이다.

한 번 꺾여버린 기세가 그의 전신을 옭아매며, 물먹은 솜 마냥 무겁게 내리누른 까닭이었다.

"빠드득…."

사납게 이를 갈아 마시던 그가 손톱이 부러져라 땅거죽을 움켜쥐며 중얼거렸다.

"반드시… 반드시, 후회하게 만들어주마!"

이내 자리에서 일어난 그가 주변을 둘러봤다. 이름도 알 수 없는 평야가 시야 가득 파고들었다.

눈 깜짝할 사이에 제국 수도에서 벗어나, 이런 장소까지

그를 데려온 대공의 능력에 새삼 놀라야만 했으나, 그렇다
고 해서 타오르던 불꽃의 기세가 가라앉지는 않았다.

　이미 그를 인정한 상황에서 다시 피워낸 불씨였다. 오히
려 더욱 큰 자극제가 되기에 충분했다.

◈

　어느새 수도로 돌아온 오르카는 도착과 동시에 제튼을
향해 물었다.

　"왜 살려준 거야?"

　이에 제튼이 잠시잠깐 생각을 하는 듯싶더니, 쓰게 웃으
며 답했다.

　"뭐, 어쩌다보니."

　이런 제튼의 대답에 한 차례 그를 관찰하듯 살피던 오르
카가 재차 질문을 던졌다.

　"전초제근은 무슨 뜻이야?"

　운트에게 했던 이야기는 그녀 역시도 들었기에 이리
묻는 것이다. 이에 제튼이 어깨를 으쓱이며 대답을 회피
했다.

　이런 그의 태도에 와락 인상을 구기는 오르카의 모습에
제튼이 할 수 없다는 듯 입을 열었다.

　"쿠너에게 설욕전을 치를 기회 정도는 줘야지."

일종의 변명거리로 내세운 명분이기는 했으나, 진실도 일부 섞여있는 이야기였다.

"게다가 그 정도 실력자가 대적자로 존재한다면, 우리 애들에게도 좋은 자극이 될 테니까. 기왕이면 살려놓고 뽑을 수 있는 건 뽑아내야지."

절반가량 진심이 섞인 변명이기에, 오르카도 일정부분 수긍하고 넘어갈 수 있었다. 하지만 순순히 납득하기는 싫었던지, 꼬리를 물고 늘어졌다.

"엉터리라고는 하지만 오러 스피릿까지 뽑아내는 놈이야. 애들이 상대하기에는 너무 위험성이 큰데."

제튼에게 배운 아이들 중, 가장 실력이 좋다고 할 수 있는 게 바로 쿠너였다. 하지만 그런 그마저도 패배를 한 상대가 아닌가. 게다가 한층 더 거세진 기운을 생각한다면, 여러모로 도박이나 다를 바 없는 모험이었다.

"꼭 그런 건 아니야."

하지만 제튼은 의외의 답을 내놓았다.

"아무리 대단한 명검을 들었다고 해서, 애가 어른이 될 수는 없는 법이지."

"그게 무슨 소리야?"

허나 아리송한 내용은 오르카에게 닿지 못했고, 의문을 제시하게 만들었다.

"운트라는 녀석이 그냥 힘만 쎈 꼬맹이라는 거다."

"그게 말이 돼?"

당연한 오르카의 반문에 제튼이 고개를 끄덕이며 말했다.

"말이 안 될 것 같지만, 그 힘이라는 게 태산도 움직일 만큼 크다면, 아무리 마스터라고 해도 감당하기 어려울 수밖에 없지."

태산에 비유한 건 조금 과장된 표현이지만, 확실한 건 운트에게는 그만큼 대단한 기운이 존재한다는 점이었다.

"그래도 그건 좀⋯."

오르카의 떨떠름한 반응에 제튼이 이야기를 이었다.

"좀 더 알기 쉽게 이야기 하자면, 그 녀석이 가지고 있는 기운의 양은 너보다 위야."

"⋯뭐?"

"안 믿겨도 믿어야 해. 기운의 양만 놓고 보자면, 나도 방심 못 할 정도니까."

물론, 이 역시 과장이었다. 천마가 완성시켜놓은 기운의 양은 드래곤에게는 못 미치겠으나, 순수하게 기운의 양만으로도 인간의 범주는 아득히 넘는 수준이었다.

"드래곤 하트라는 그것 때문이야?"

오르카의 물음에 제튼이 고개를 끄덕였다.

"그래."

물론, 온전한 드래곤 하트가 아닌 일부가 사용되었고,

제튼 역시 이를 파악했다. 하지만 다섯 종류 기운의 상생 상충작용과 생명력을 태우며 발생하는 힘의 상승작용까지 더해지니, 경지를 넘은 오르카도 기운의 양에서는 밀릴 수밖에 없었다.

"그 녀석… 그거 말도 안 되는 놈이었네."

나직히 중얼거리는 오르카의 음성에 제튼이 고개를 끄덕였다.

"하지만 실력이 엉터리야."

"어느 정도인데?"

기운의 양에 눈이 가려버린 것인지, 오르카 역시 운트의 본 실력을 파악하지는 못했다.

"그리 낮은 수준은 아니야. 하지만…"

지닌바 기운에 비한다면 너무 모자랐다.

"익스퍼트 상급… 잘 쳐줘도 최상급을 넘지는 못할 거야."

별의 영역도 아닌 것이다.

"그런데… 쿠너가 졌다고?"

오르카의 반문에 제튼이 어깨를 으쓱였다.

"말 했잖아. 대단한 명검을 든 꼬맹이라고."

"…그 정도면 명검이 아니라, 신검이라고 해도 충분하겠는데."

"그렇게 생각 할 수도 있고. 어쨌든 워낙 잘 드는 검을 들고 있다 보니까. 어린 꼬맹이의 힘으로도 어른을 베는 게 가능한 거지."

익스퍼트 상급에 도달한 실력이라고 하나, 마스터와의 차이는 어른과 아이 만큼의 차이라 하기에 부족함이 없었다.

"그렇게 안 보이던데…."

"뭐, 쿠너도 당할 만큼 빠르고 강했으니까. 하지만 너무 단순하고 우직한 공격패턴에다가, 순수하게 육체능력에만 의지하던 전투 방식은 실력자의 방식이 아니었어."

우직한 전투를 고집하는 마스터도 있었다. 하지만 그들은 오랜 경험과 경지에 오른 감각으로 완성된 것이건만 운트는 그와 달랐다. 순수하게 육체능력에 의지한 것이다.

'인체실험의 결과물이라고는 하지만… 확실히 놀랍기는 하네.'

이미 드래고니안의 실험에 대해 들었기에, 이 정도까지 추측이 가능한 것이기도 했다.

"제 생명을 태우는 게 아니면, 제대로 된 힘도 못 쓰는 반푼이를 무서워 할 필요는 없잖아."

특히, 쿠너의 패배를 생각한다면 더더욱 그가 손을 써서는 안 될 일이었다. 잠시 제튼의 이야기를 곱씹던 오르카가 이내 한숨과 함께 고개를 흔들었다.

"휘유… 모르겠다. 뭐, 네가 알아서 잘 하겠지. 그나저나 병문안은 언제 가 볼 생각이야?"

쿠너를 떠올리며 던진 그녀의 물음에 제튼이 씨익 웃으며 걸음을 내딛었다.

"지금."

저 앞으로 정육점이 하나 보였다.

"몸보신도 할 겸, 고기나 좀 사다 주는 게 좋겠지."

이런 제튼의 이야기에 오르카가 눈살을 찌푸리며 재차 물었다.

"보러 갈 생각이 있긴 한 거냐?"

그녀가 이리 묻는 이유는 간단했다. 제튼이 향하는 정육점이 하필이면 '세간 정육점'인 까닭이었는데, 그곳은 암살왕 딜럭이 자리 잡은 장소였다.

제튼은 대답대신 어깨만 으쓱거릴 뿐이었다.

❖

마지막 한 걸음을 남긴 채, 경계를 넘지 않는 주변 왕국과 달리, 거침없이 제국의 국경을 넘어 침공하며 전쟁의 불길을 피워내는 이들이 있었으니, 몬스터라고 불리는 변이종족이 바로 그 정체였다.

동시다발적으로 제국의 국경지대를 넘어선 그들은 지체

194 마귀소환 8

없이 무기를 들고 피를 흩뿌리며 전장을 만들어갔다.

제국의 국경수비대가 움직여 이들을 막았으나, 갑작스런 대규모 침공에 대부분이 길을 내어줘야만 했다.

과거와 달리, 한 개 종족이 아닌 대부분의 몬스터들이 힘을 합치며 달려드니, 그들을 막아 세우는 게 쉽지가 않았다.

"결국 여기까지 밀고 들어올 줄이야."

제국 남부 최강의 전력을 자랑한다는 베가푸만 백작의 시선이 성벽 밖으로 향했다.

한 눈에 봐도 기가 질릴 정도로 어마어마한 규모의 몬스터들이 저 앞으로 진을 치고 있는 게 보였다.

국경수비대가 뚫렸다고는 하나, 실질적인 국경의 경계선은 베가푸만 백작의 영지에 기준을 두고 있는 까닭에, 아직까지는 '무너졌다' 라는 표현까지 쓸 상황은 아니었다.

"전쟁인가…."

그리 중얼거리던 베가푸만 백작이 후미에 대기 중이던 몬탄 남작에게 물었다.

"수도에서는 아직도 연락이 없나?"

"…예."

"썩을 것들."

나직한 중얼거림과 함께 현 상황을 다시금 되새겨봤다.

최근에 발생했던 아카데미 습격사건으로 인해, 상당수의 지방 귀족들이 수도로 올라간 와중에, 대대적인 몬스터들의 침공이 일어났다.

'노린 걸까?'

자연히 드는 의문으로써, 저들 몬스터들이 너무도 시기적절하게 침공해 온 까닭이었다. 이를 확인하는 한 편, 제국의 수도에 심각성을 알리고자 통신을 보낸 상황이었다.

하지만 어쩐 일인지 여태껏 소식이 없었다.

"여전히 주둥이만 놀리고 있는 건가. 이 망할 것들이…으득!"

안면 가득 주름을 일으킨 베가푸만 백작이 몬탄 남작을 향해 물었다.

"준비는?"

"언제나 완벽합니다."

"쯧! 일차 저지선이 뚫린 이상 '완벽'이라는 표현은 쓰지 마라."

최초 몬스터들을 막았던 국경수비대를 말하는 것이었다. 몬탄 남작이 급히 고개를 숙였다.

"죄송합니다!"

"되었다. 솔직히 저 정도 규모를 막는 건 내가 생각해도 무리다."

그럼에도 불만스런 감정을 내비치는 건, 국경 수비대가

뚫린 시간이 너무 빨랐다는 이유 때문이었다. 준비가 완벽하지 못했다는 의미였다.

'아니면… 방심을 한 것이겠지.'

어느 편이건 좋지 못했다.

쿵…쿵…쿵……

문득, 성벽 밖에서부터 묵직한 진동이 밀려들었다. 몬스터들이 일제히 진군하고 있는 게 보였다. 마치 호흡이 잘 맞는 군단이 움직이듯, 일정한 보폭으로 다가오고 있었다.

"으음…."

절로 신음성이 새나왔다. 몬스터들에게서는 보기 드문 모습인 까닭이었다.

"확실히… 전쟁이구나."

지난 십여년의 세월, 저들의 삶이 어땠는지가 엿보이는 장면이었다. 왠지 모를 한기에 등가가 오싹해지는 순간이었다.

#4. 연합

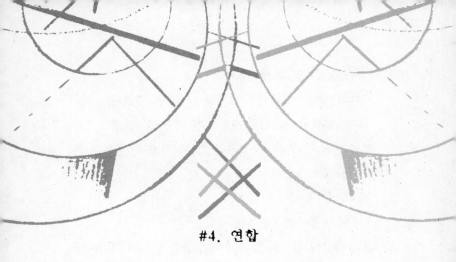

#4. 연합

면목이 없다는 얼굴까지 기대한 건 아니다.

"하하하핫!"

하지만 이리 대놓고 웃어대는 모습을 상상한 적 역시 없었다.

"져버렸습니다. 하핫!"

그리 말하며 오히려 호쾌하게 웃어대는 쿠너의 모습에, 제튼은 주먹에 힘이 들어가려는 걸 애써 참아내야만 했다.

환자를 보려고 왔지 만들러 온 게 아니기 때문이었다.

"민망하네요."

웃음 끝자락에 걸린 한 줄기 씁쓸한 여운에 결국 주먹에 힘을 뺐다.

"좋은 경험 했다고 생각해라."

제튼의 이야기에 쿠너가 고개를 끄덕이며 물었다.

"혹시, 선생님도 패배를 경험해 본 적이 있나요?"

어찌 보면 무례할지도 모르는 질문이었으나, 제튼은 흔 쾌히 이를 받아주었다.

"패배? 쉴 새 없이 해 봤지."

천마의 얼굴이 스치듯 떠올랐다.

그의 대답에 질문을 했던 쿠너가 놀란 얼굴이 되어버렸 다. 그도 그렇게 제튼의 능력을 작게나마 엿봤고, 그로 인 해 제튼과 패배라는 단어가 너무도 멀게 느껴졌기 때문이 었다.

'선생님이 패배?'

그것도 한 두 번이 아니라고 한다. 어찌 놀라지 않을 수 있겠는가.

"얼추 세 자릿수 넘어갈 때까지는 나도 일일이 기억하 고 있었는데, 그 이후로는 그냥 숫자 세는 걸 잊었다."

"……"

뭐라 할 말이 없었다. 한 자릿수도 두 자릿수도 아닌, 세 자릿수를 가뿐히 넘어간다는 이야기가 나왔다. 말문이 턱 하니 막히는 기분이었다.

"아마 네 자릿수는 찍었을 걸."

너무도 충격적인 이야기에 턱만 떨치고 있는 쿠너의 모

습에, 제튼이 실소하며 물었다.

"왜? 나하고 패배라는 단어가 안 어울리냐?"

고개를 끄덕이는 쿠너의 모습에 제튼이 쓰게 웃으며 답했다.

"날 때부터 강한 놈이 어디 있겠냐."

확실히 그건 그랬다. 고개를 끄덕이는 쿠너를 바라보던 제튼은, 언제고 천마가 했던 이야기가 생각났다.

〈나? 당연히 나야 천외천급이지. 크하하하! 난 태생부터가 남다르니까. 첫 울음으로 사자후를 터트렸는데, 이를 들은 산파가 내상을 입었다는 게 전설처럼 회자되는데……〉

덕분에 재차 실소를 뱉어낸 제튼이 쿠너를 향해 말했다.

"콧대가 꺾여서 빌빌 거리고 있을 줄 알았더니, 너란 놈은 참… 예상을 너무 시원하게 깨버리는 것 아니냐."

"하하하핫! 뭐, 제가 생각보다 단단하니까요."

쾌활하게 웃는 쿠너의 모습에 제튼의 미간위로 작은 주름이 잡혔다.

'조금쯤은 침울한 게 나을지도……'

이런 스승의 마음을 아는지 모르는지, 쿠너는 여전한 모습으로 유쾌한 웃음을 터트리고 있을 뿐이었다.

그가 찾아와 기다리던 만남을 가졌을 때, 그야말로 심장이 내려앉을 만큼 깜짝 놀랐다.

'설마, 그렇게까지 변하셨을 줄이야.'

기억 속 강렬하게 남아있는 브라만 대공의 이미지가 거짓말처럼 씻겨 내려갈 만큼, 옛 모습이 남아있질 않았다.

'마치…'

전혀 다른 사람 같았다.

〈와줘서 고맙다.〉

특히, 그가 건넸던 인사말이 지금도 가슴을 두드리고 있었다. 과거의 그에게서는 생각지도 못했던 단어가 섞여 나왔기 때문이다.

암살왕 딜럭!

감정적인 통제에 있어서만큼은 별의 영역에 이른 이들 중 가장 완벽에 가깝다고 할 수 있었다. 이런 그의 가슴을 흔들 만큼, 브라만 대공은 변해 있었다.

"뭐, 하고 계세요?"

문득 들려온 음성에 시선이 돌아갔다. 최근 들어서 그를 난처하게 만드는 여인이 가게 입구로 들어서고 있었다.

"오셨습니까. 라비에라 아가씨."

공손한 딜럭의 태도에 모네카가 눈살을 찌푸리며 말했다.

"이름으로 불러 달라니까요."

"죄송합니다."

딜럭이 깊숙이 고개를 숙여 보이며 그녀의 청을 외면했
다. 그 모습에 모네카가 잠시 입술을 삐죽거렸으나, 애써
그 표정을 무시하며 일에 전념할 뿐이었다.

'어쩌려고 이러는 건지….'

길지 않은 시간이었으나, 요 며칠간 그녀가 보여준 태도
를 통해, 대충 그녀의 감정이 어떤 것인지 짐작은 하고 있
었다.

때문에 머리가 아플 수밖에 없었다.

별의 영역에 오르면서 젊어진 덕분인지, 겉으로 보면 아
직 30대 초, 중반 정도로나 보이는 외모였다. 애초에 동안
이다 보니 더욱더 젊은 느낌이 강했으나, 실제 그의 나이
는 거기서 스무 해는 더해야 하는 위치에 있었다.

그런 반면에 모네카는 아직 스물도 못 넘은 어린 나이의
소녀였다.

'으음….'

나이 차이를 생각하고 있노라면 절로 뒷목이 뻐근해질
정도로 어마어마한 거리감이 있었다.

자연히 지금 이 상황이 달가울 수가 없는 것이다.

'그 때, 나서는 게 아니었는데.'

아카데미 습격 사건 당시를 떠올리며 후회만 남발할 뿐

이었다.

이런 그의 마음을 아는지 모르는지, 모네카는 어느새 입술을 집어넣은 채, 밝은 얼굴로 달라붙고 있었다.

"오늘도 밤 늦게까지 일하시나요? 지난번 일에 대해서 보답도 할 겸, 제가 식사라도 대접하고 싶은데, 일찍 끝내면 안 되나요?"

어째서일까? 쉴 새 없이 조잘대는 그녀의 목소리가 음악처럼 들리는 날이 올지도 모른다는 불안감이 들었다.

"장사를 해야 합니다. 이만 돌아가 주십시오."

때문에 더욱 딱딱한 음성으로 매몰차게 그녀를 밀어냈다.

하지만,

"그럼, 고기 좀 주세요. 이제는 저도 손님이에요."

안타깝게도 그녀는 생각 이상으로 만만찮은 상대였다. 왠지 모르게 머리가 지끈거리는 것 같았다.

❖

카이스테론 아카데미의 치유실의 성직자, 대신관 루이나르는 마르한의 추천을 통해 선택된, 메리의 새로운 공부 스승이었다.

비록 마르한의 소개로 만나게 된 사이였으나, 그는 제자인 메리를 몹시 아꼈다.

이미 마르한과 마찬가지로 그녀의 본질을 본 까닭이었
다. 때문에 메리의 부친이라는 제튼의 출현에 즉각 반응할
수밖에 없었다.

　"처음 뵙겠습니다. 루이나르 베실이라고합니다."

　"제튼 반트입니다. 빛의 높은 뜻에 닿으신 분을 뵙게 되
어 영광입니다."

　대신관을 높이는 말로 예를 다한 제튼이 조심스레 루이
나르를 살폈다.

　'영감님이 추천할 만 하네.'

　깨끗했다. 또한 순수했다.

　'권력자라는 게 믿기지 않을 정도야.'

　물론, 온전히 깨끗하다는 느낌만 있는 건 아니었으나,
상대의 위치를 생각해본다면 맑다는 말이 부족하지 않았
다.

　제튼이 루이나르에 대한 평가를 하고 있을 때, 그 반대
로 루이나르 역시 제튼을 관찰하며 정의내리는 중이었다.

　'이야기와 다른데….'

　이미 마르한에게 메리의 부친에 대한 정보를 들은 게 있
었다. 하지만 직접 눈으로 보고 확인을 하니, 생각하던 것
과 전혀 다른 게 아닌가.

　'분명히 영감님 말로는 대단한 사람이라고 했는데, 전
혀 특별한 게 없어 보이는 건… 뭐지?'

너무도 평범한 인상에 잠시 마르한에 대한 의심마저 들었으나, 이내 고개를 흔들며 부정적인 생각들을 털어냈다. 그러며 오히려 자신의 눈을 의심했다.

'영감님은 나와 달리, 정말로 빛에 닿아계신 분이니까⋯ 오히려 내 눈이 부족한 것이다!'

본인보다 더욱 믿을 수 있을 만큼, 방랑사제 마르한에 대한 신뢰도는 높았다. 때문에 제튼이 별 볼일 없는 게 아니라, 그가 볼 수 없는 거라고 여겼다.

'내 눈으로는 확인할 수 없는 존재!'

그것이 당장의 결론이었다.

'굳이 그게 아니더라도⋯.'

상대는 메리의 부친이 아니던가. 그것만으로도 공경받기에 충분한 위치에 있는 존재였다. 그리 생각하며 고개를 끄덕이고 있을 즈음, 제튼이 슬쩍 화젯거리를 건네 왔다.

"마르한 사제님은 잘 지내시는지요."

그 순간 살짝 어두워지는 루이나르의 눈빛에서, 제튼은 뭔가 사건이 발생했음을 알 수 있었다.

'역시⋯ 말썽이 있는 건가.'

대충 짐작은 갔다. 따로 정보를 수집하려 하지 않아도, 마르한이 성국에서 지닌 위치를 알고 있다면, 충분히 예상이 가능했다.

"안 좋습니까?"

제튼의 이어지는 물음에 잠시 고민하는 듯싶던 루이나르가 나직한 한숨과 함께 입을 열었다.

"예. 위험하십니다."

성국의 비밀이며 또한 치부가 될 수도 있는 이야기이기에 숨기려 했으나, 이내 마르한에게 들었던 이야기를 떠올리며 털어놓기로 한 것이다.

"마르한 사제님은 오래도록 고행의 길을 걸으시면서, 중심이 아닌 외곽에서 활동하시던 분이십니다."

때문에 성국에서도 그를 지켜보기만 했다. 하지만 최근 들어 그 상황에 변화가 일어났다.

"밖으로만 움직이시던 분이 이번에 중앙에 발을 디뎠습니다."

그것도 아주 대놓고 움직이고 있었다.

"이미 아실만한 분들은 다 아시고, 아시는 분들은 전부 인정하시는 게 마르한 사제님입니다."

때문에 본격적인 외부활동에, 이제는 모르던 이들마저도 그의 이름을 귀에 담게 생긴 것이다. 성국 수뇌진에 비상이 걸렸다.

"많이 위험한가요?"

제튼의 물음에 루이나르가 그늘진 얼굴로 입을 열었다.

"모르겠습니다."

그리 답하고는 있으나, 그 표정과 안색에서 진짜 답이

비쳐졌다.

'위험하구나!'

문득, 마르한이 했던 이야기가 생각났다.

〈혹시라도 내 소식을 듣게 된다면, 그냥 기도나 한 번 해 주게. 허헛!〉

그게 좋은 내용이건 나쁜 내용이건 상관치 말라 했었다. 조용히 살고자하는 제튼의 뜻을 알기에 그리 이야기한 것이리라.

'마르한 영감님….'

잠시 그를 떠올리던 제튼이 루이나르를 바라보며 물었다.

"기도실을 사용할 수 있을까요?"

갑작스런 이야기에 잠시 의아한 표정을 지어보이던 루이나르였으나, 흔쾌히 고개를 끄덕이며 자리에서 일어났다.

"제가 안내해 드리겠습니다."

기도실은 그리 멀지 않았다.

❖

보랏빛 하늘과 검푸른 대지.

시야 가득 파고들며 어지럽히려 드는 괴이한 풍경 속에

서 오히려 안도감을 느꼈다.

'틈새…'

고향의 향기라고 해야 할까?

일그러진 기운의 물결들이 너무도 친근하게 전신을 치고 갔다. 고개를 끄덕이며 그 속에서도 익숙한 기운을 따라 걸음을 옮겼다.

그렇게 얼마나 걸었을까?

문득, 등 뒤에서 부르는 목소리가 들렸다.

"…알콘?"

슬쩍 그쪽을 돌아보니, 함께 틈새의 길을 열었던 바몬이 보였다. 헌데, 왜 저리 놀란 얼굴을 하고 있는 것일까?

의아한 마음에 물으려는데, 어째서인지 목소리가 나오질 않았다.

'뭐지?'

의문이 피어나는 한편, 왠지 모르게 피곤하다는 생각과 함께 눈이 감기려 들었다.

이대로 졸면 안 된다는 생각이 뇌리를 채웠으나, 그 이상으로 깊은 피로감이 밀려와 순식간에 눈꺼풀을 내리눌렀다.

이윽고 세상이 어둠으로 물들고,

의식의 흐름이 끊겼다.

실로 충격적인 광경이었다.

 '이게 대체… 무슨?'

눈으로 보고도 믿기 어려웠다. 한 존재가 부지불식간에 변이, 변화하는 걸 봐버렸다.

"알…콘……."

겨우 몇 걸음 사이에 동료였던 이가 전혀 다른 생물이 되어있었다.

보랏빛 잎사귀에 검푸른 몸통!

생전 본 적 없는 이 기이한 나무가 조금 전까지 알콘이 었던 존재였다는 게, 그로써는 도저히 이해가 되질 않았 다. 그의 이해를 벗어난 상황이었다.

"빨리, 수호자님을 불러야…."

급히 자리를 벗어났다.

◈

마르셀론 영지의 함락 소식은 들불마냥 급속도로 제국 전역으로 퍼져나갔고, 덕분에 주변 왕국들도 빠르게 이 정 보를 귀에 담을 수 있었다.

그 순간 마지막 한 걸음 앞에서 주저하던 왕국들이 움직 였다.

물론, 여전히 제국 국경을 침범하지는 않았다. 하지만

다른 방식으로 그들은 제국을 도발 했다.

연합!

제국 주변 왕국들의 대대적인 동맹이 결성된 것이다. 이를 굳이 숨기려 하지 않은 채 외부에 내보이니, 자연스레 제국의 신경이 그들에게 집중될 수밖에 없었다.

몬스터들의 침공으로 내부가 어지러운 와중에 외부에서 또 다른 강적들이 이를 드러내고 있는 상황이었다.

"슬슬… 여유를 부리기도 어렵겠군."

마르셀론 공작은 수도 크라베스카를 뒤로하며 입 꼬리를 말아 올렸다.

주변 국가들의 갑작스런 동맹소식은 확실히 자극적으로 제국을 찔러들 게 분명했다. 그 역시도 예상하지 못한 상황으로써, 생각지도 못한 득을 본 기분이었다.

'계획한 걸까?'

가면사내를 한 차례 떠올려봤다.

'모르겠군….'

이 부분 만큼은 가면사내의 수완을 알고 있음에도 확신하기가 어려웠다. 주변국들 사이의 마찰을 아는 까닭이었다.

확실한 건, 지금 이 상황이 나쁘지가 않다는 것이다.

제국의 위기는 그의 기회가 될 수 있기에 미소 지을 수 있었다. 단지, 걱정되는 건 하나였다.

"정리하는 게 쉽지가 않겠어."

그의 세상이 열렸을 때, 과연 그 때에도 이대로 웃을 수 있을지가 미지수라는 것이다. 하지만 상관하지 않았다.

'이 정도는 돼야겠지.'

새로운 세상을 열기 위한 계획이었다.

'위험성이 높은 만큼 그 결실 역시도 달겠지!'

슬쩍 뒤를 돌아보니, 어느새 수도 크라베스카의 모습이 흐릿하니 멀어져 있었다.

◈

언제나와 같은 일상이었으나, 이전과는 다른 일상이 기다리고 있었다.

제국 주변국들의 연합소식으로 인한 분위기 전환 때문이라거나, 당장 본격적인 침공을 시작한 몬스터들로 인한 변화가 아니었다.

"이제 일은 끝난 거야?"

셸린의 물음에 제튼은 고개를 끄덕이며 짐을 챙겼다.

바로 전날까지만 해도 아침 식사와 어디론가 가버렸던 남편이, 이전과 같이 식후에도 집에 남아 일상을 되감고 있었다.

게다가 전처럼 식사 이후 농기구를 손질하는 걸 보면서,

그의 일상이 돌아왔다는 걸 확연히 느낄 수 있었다.

"…대충은."

"뭐야, 그 찜찜한 대답은."

어깨를 으쓱이는 제튼의 모습에 고개를 흔든 셀린이 제튼을 향해 물었다.

"그보다… 쿠너가 많이 다쳤다던데, 가봐야 하지 않을까?"

"다녀왔어."

제튼의 이야기에 잠시 놀란 얼굴을 했으나, 이내 그의 초월적인 이동속도를 떠올리며 고개를 끄덕였다.

"많이 안 좋아?"

걱정스런 물음에 제튼이 고개를 저었다.

"아프기는커녕, 아주 팔팔 하던데."

"그래? 이상하네. 듣기로는 거동도 힘들다고 해서, 많이 걱정했는데."

"원래 소문이라는 게, 오다가다 하며 과장되고 그러는 거잖아."

"…그런가?"

의아한 듯 고개를 갸웃거리는 그녀의 모습에, 잠시 실소한 제튼이 웃는 얼굴 그대로 입을 열었다.

"게다가 굳이 우리가 가지 않더라도 괜찮겠더라."

그 말에 셀린의 얼굴 가득 의문을 내비쳤다.

"있잖아. 거, 동네에 소문났던 아가씨들."

"아!"

장미의 맹세에 의심을 품게 만들었던 두 여인이 떠올랐다. 쿠녀가 혹시 바람둥이가 아닐까 하는 의혹마저 제기했던 사건이니만큼, 셸린이 모를 수가 없었다.

"마이얀양과 트라셀양도 그곳에 있는 거야?"

당연한 의문에 제튼이 고개를 끄덕였다.

"레이나가 괜찮을지 모르겠네."

영주의 딸이었으나 워낙 오랜 시간을 보고 지내온 까닭인지, 편하게 이름으로 부르는 사이였다.

제튼을 향했던 그녀의 감정을 아는 까닭에, 더욱 그녀에게 마음이 쓰이는 것일지도 몰랐다. 또한 이런 이유로 인해 쿠녀의 감정을 응원하는 터이기도 했다.

"저기… 그래도 혹시 모르니까 한 번 가보는 게 어떨까?"

걱정스런 얼굴로 내뱉는 그녀의 이야기에, 잠시간 바라보던 제튼이 작게 고개를 끄덕이며 입을 열었다.

"애들 걱정이 돼서 그러는 거지?"

핵심을 짚은 모양인 듯, 일순 경직되었던 셸린이 작은 한숨과 함께 표정을 풀었다.

"후우… 당신은 걱정도 안 돼?"

"나야 뭐, 보고 와서…."

그 말에 셸린이 눈을 흘겼다.

"당신 맘만 편하면 끝이야?"

"어? 아니, 그게….."

"나도 직접 눈으로 보고 안심하고 싶단 말이야."

귀로 듣는 것만으로 마음을 풀기에는 이번 소문이 워낙 거셌다.

아루낙 마을의 전체적인 분위기는 '그런 일이 있구나.' 정도였지만, 직접 사건 장소에 아이들을 보낸 셀린의 경우에는 전혀 달랐다.

"…미안."

말은 그렇게 하고 있으나, 어쩐 일인지 입가에는 희미한 미소가 그려져 있었다. 그 모습에 셀린의 눈초리가 한층 날카롭게 변하자, 제튼이 황급히 표정을 고치면서 시선을 피했다.

하지만 그러면서도 여전히 눈은 웃고 있었으니, 이는 셀린의 감정을 절실히 느낀 까닭이었다.

케빈과 메리.

그녀의 친 혈육이 아니었다. 게다가 반트가의 핏줄 역시도 아니었다. 그럼에도 불구하고 제 아이처럼 아끼고 또 사랑해왔다. 이런 그녀의 마음이 절절히 흘러들어오며 가슴을 따뜻하게 적셔오는데, 어찌 웃음이 안 나오겠는가.

"왜 시선은 피하는데?"

그녀의 날카로운 물음이 등 뒤로 쏟아졌으나, 그럴수록 더욱 웃음이 나려고 들어 참기가 힘들었다.

❖

빛의 물결이 흘러넘치는 거대한 대전 안으로, 한 눈에 보기에도 온화한 느낌이 가득한 이들이 허허로운 모습으로 얼굴을 마주하고 있었다.

입고 있는 복장으로 그들이 고위 성직자라는 걸 알 수 있었는데, 의외로 그들의 입에서 흘러나오는 이야기는 결코 부드럽지만은 않았다.

"연합국 측에서 사제들의 파견을 요청해왔습니다."

"그들에게 가담하기 보다는 제국을 지원하는 체제를 유지해야 합니다."

"모르는 소리! 제국과 우리의 거리를 생각한다면, 연합국과 손을 잡는 게 당연한 이야기요."

한창 대륙의 화젯거리가 되고 있는 전쟁과 관련된 이야기들이 대전 가득 넘실거리며, 성스러운 공기와는 전혀 어울리지 않는 분위기가 펼쳐지고 있었다.

대전의 가장 높은 곳에서 이들의 모습을 바라보던 교황은 머리가 지끈거리는지 이마를 짚으며 고개를 흔들어댔다. 요 며칠 변함없는 이 분위기가 그를 답답하게 만드는 것이다.

하지만 그의 머리를 더욱 아프게 두드리는 건 따로 있었다.

'마르한 케메넨스….'

그 얼굴을 떠올리는 것만으로도 머리가 하얘지는 기분이었다.

'으음… 일찌감치 그를 처리했어야 하는 것인데.'

고행의 길에 올라 대륙 외곽으로만 떠도는 그를 굳이 건드릴 필요가 있을까? 하는 생각으로 내버려뒀었다. 헌데, 그 안일한 마음이 이제와 비수가 되어 날을 세우려들었다.

'이제 와서 세력을 모으려 들다니. 대체 왜?'

도저히 이해 할 수가 없었다.

'어쩐다….'

고민이 되었다. 이제라도 손을 써야 한다는 생각이 들면서도, 선뜻 움직이기가 어려웠다.

상황이 어찌 되었건 그는 교황이며, 동시에 한 명의 성직자였다. 개인적 감정이 앞서는 와중에도 아직 남아있는 신을 향한 믿음이 마지막 한 걸음을 제지했다.

여태껏 사제의 품에 있다고는 하나, 마르한이야말로 가장 신의 뜻에 가까운 이라는 걸 알기에, 선을 넘기가 어려운 것이다.

"후우…."

나직이 한숨을 내쉬던 그가 마르한에 대한 생각을 털어내고자 잠시 대전으로 신경을 집중시켰다.

"지금이라도 사제단을 파견해야 합니다. 이렇게 계속 눈치만 보고 있다가, 혹시라도, 만에 하나라도 저들이 신관들의 파견마저 요청하려 들면 어쩌실 겁니까."

"그 무슨 말이 되는 소리를! 신관이라니요. 애초에 사제단의 파견 역시도 신의 뜻을 거스르는 일이요. 그런데 신관들의 파견이라니. 그 무슨 불경한 소리란 말이요!"

"아니. 내가 그렇다는 게 아니잖소."

점차 목소리가 높아지며 대화가 아닌 감정을 나누기 시작하는 그들의 모습에 재차 머리가 지끈거리는데, 문득 한 가지 기발한 생각이 머릿속을 꿰뚫고 지나갔다.

'사제단?'

역사적으로 성국은 국가간의 전쟁에 참여하는 걸 경계시했다. 신을 섬긴다는 그들의 숭고한 위치 때문이었다.

하지만 그럼에도 불구하고 전쟁에서는 성국의 손길을 원했고, 때문에 그들은 가장 하위의 사제단을 파견하는 것으로 절충안을 마련했다. 그리고 이는 하나의 전통처럼 대륙의 역사와 함께 내려와 지금에 이르렀다.

그렇다고 해서 신관들이 아예 파견을 가지 않는 건 아니었다. 사제단을 이끄는 이들로 신관들이 움직이고는 했는데, 하지만 이 숫자도 극히 소수일 뿐이라서, 전체적인 중심은 사제들이었다. 때문에 '사제단'이라고 칭하는 것이기도 했다.

'사제단이라….'

교황의 눈에 불이 들어왔다.

'그러고 보니… 마르한, 그 영감도 분명.'

방랑사제!

그 역시 사제가 아니던가. 지끈거리던 머리가 개운해지며, 입 꼬리가 슬그머니 올라갔다.

◆

복잡한 기분이었다.

'설마….'

자신의 감정에 대한 의문이 들었다.

'내가, 그를?'

처음 흔들렸던 건, 그가 크게 다쳐서 거동도 불편하다는 소식을 들었을 때였다. 이내 병문안을 가서 죽은 듯 누워서 잠만 자는 그의 모습에 가슴이 격하게 뛰는 걸 느꼈다.

동시에 제튼의 얼굴이 크게 떠올랐다.

'어째서?'

자연스레 따라오는 의문이었다. 당시에는 답을 내지 못했으나, 이번에 겪은 상황을 통해 그 답을 일부 얻어낸 것 같은 기분이 들었다.

'정말로, 내가 그를?'

자꾸만 반복되는 의문은 오랜 세월 품어온 감정 위로, 새롭게 덧씌워진 감정에 대한 당혹감이리라.

"쿠너… 플란."

조심스레 그의 이름을 입에 올려봤다.

"…레이나 스테일."

뒤이어 자신의 이름 역시 읊조린 이유는 무엇일까? 그와 함께하고 싶다는 마음의 발로일지도 모른다는 생각에, 또 다시 반복되는 질문이 스스로에게 향했다.

'내가… 그를?'

이미 답을 알고 있음에도, 아직은 내딛지 못하는 걸음이었다.

❖

아카데미 습격 사건이 가라앉아 갈 무렵, 그들 두 여인이 등장했다.

트라셀 메르테인과 마이얀 베르마인.

각기 백작과 후작가의 영애들로써, 이미 그 등장만으로

도 상당한 화제가 될 수밖에 없는 여인들이었다.

특히, 그녀들 중 트라셀의 경우에는 더욱 관심의 대상이 될 수밖에 없었는데, 이는 그녀가 지닌 '철의 여인'이라는 명성과 젊은 나이에 익스퍼트에 오른 실력으로 인한 것이었다.

검작공의 뒤를 이어 새로운 별이 될지도 모른다고 여겨지는 천재 여검사였다. 당연하게도 관심의 대상이 될 수밖에 없었다.

게다가 하나같이 뛰어난 미모를 지닌 여인들이었다. 침울해졌던 아카데미의 분위기에 활력이 더해지는 효과까지 있었다.

하지만 이런 아카데미의 분위기와 어울리지 못하는 이가 있었으니, 그게 바로 쿠너였다.

'끄응….'

그녀들이 오고 난 뒤, 가끔이나마 찾아오던 레이나의 발길이 뚝 끊겨버렸다.

특히, 마지막에 보여줬던 그 싸늘한 눈초리를 생각하노라면, 자꾸만 어깨가 움츠러드는 것 같았다.

"쿠너 오빠~!"

문득, 그의 치료실 문을 열고 들어오는 목소리에 뒷목이 뻐근해졌다. 슬쩍 시선을 돌려보니, 아니나 다를까. 마이얀과 트라셀이 그곳에 서 있는 게 아닌가.

'끄응….'

왠지 눈가가 촉촉해졌다.

◆

그의 모습에서 대략적인 느낌은 왔다.

'나와 언니를… 반기지 않는 거겠지.'

항시 주변이 떠받들어 주던 트라셀로써는 실로 생경한 상황이었다. 그 낯선 감각 때문에 선뜻 그의 곁으로 다가 가지 못했다.

처음에는 분명 그를 따라가기 위해, 테룬 아카데미의 소 학원도 뒤로 했다.

'카이스테론에도 소학원은 있으니까.'

하지만 뒤이어 사건이 발생하며 일정이 꼬였다.

〈지금 수도를 가겠다고? 안 된다!〉

부친의 반대는 당연했다. 한창 수도에서 사건이 발생한 상황이지 않던가.

〈카이스테론 아카데미는 더더욱 허락할 수 없다.〉

거기에 더해 목적지는 사건의 중심지이기까지 했다. 처 음에야 찬성표를 들던 부친일지라도, 결사반대는 당연한 수순이었다.

쿠너가 마음에 품은 여인이 따로 있다는 걸 알기에, 부친의 반대의견을 따르려했다.

생경한 상황을 받아들이기가 어려웠던 이유도 있었다. 마음을 가다듬은 뒤, 다시 테룬 아카데미로 향하려 일정을 잡던 찰나였다.

〈뭐하는 거야?〉

그녀, 마이얀이 찾아왔다. 그리고 듣게 되었다.

'그가 다쳐?'

조금은 뒤늦은 소식이었고, 이내 그 이유를 알 수 있었다.

〈허락 못 해!〉

부친이 가문의 정보력을 통제한 것이다. 호위 기사를 통해 그에게 마음이 있다는 걸 들은 부친의 조치였다.

이는 부친과의 말다툼으로까지 이어질 수 있던 상황이었으나, 그 즈음에 마이얀이 앞으로 나섰다.

그리고 이어진 부친과의 면담.

〈해결됐어.〉

어떤 방법을 제시했는지 알 수는 없었으나, 부친은 떨떠름한 얼굴로 결국 허락해야만 했고, 늦게나마 수도로 향할 수 있었다.

그리고 볼 수 있었다.

'너무… 팔팔한데.'

거동이 불편하기는커녕, 당장 연무장으로 뛰어나가도 이상하지 않을 것 같은 건강도를 내보이고 있는 게 아닌가.

속아서 화가 났다는 감정보다, 무사해서 다행이라는 감
정이 앞서는 걸 느꼈고, 그 순간 인정했다.

그에게 호감 그 이상의 감정을 품고 있다는 걸.

◈

장미의 맹세!

그 순결함을 모르지는 않는다. 하지만 오랜 세월이 흐
르며 상당부분 그 의미가 퇴색되었다는 것 역시 알고 있
었다.

하지만 '그'는 결코 퇴색되지 않을 거라는 점도 느끼는
바였다. 때문에 '그녀'의 도움이 필요했다.

'심지가 굳은 사람이니까. 나 혼자로는 어려워!'

마이얀은 한 여인만 바라보는 쿠너의 마음에 작은 틈을
만들기 위해, 트라셀을 무대로 끌어들였다.

'우리 둘 중, 한명이라도 틈을 만든다면…'

원래, 처음이 어렵지 두 번째는 쉬운 법이었다. 그녀 자
신과 트라셀 중 쿠너의 마음에 새로이 각인되는 여인이 있
다면, 그것으로 충분히 성공했다고 볼 수 있었다.

익스퍼트 상급 혹은 그 이상일지도 모르는 사내였다.

이 점을 빌미로 부친을 설득했다.

〈젊은 나이에 그 실력이라면, 별들의 자리도 노려볼만

하지 않겠어요?〉

집안을 비롯한 다양한 조건들을 충분히 뛰어넘을 만한 재능이라는 부분이 부친의 마음을 일부 움직였고, 이를 집중적으로 파고들었다.

그리고 이내, 사건의 중심지인 카이스테론 아카데미에 가도 된다는 허락을 받게 되었다.

이후부터는 쿠너에 대한 생각뿐이었다.

'실력에다… 생긴 것도 나쁘지 않으니까.'

괜찮은 신랑감이라는 생각이 들었다. 어쩌면 이미 마음이 움직였기에 이 같은 행동을 하게 된 걸지도 몰랐다.

'기왕이면 독식하고 싶지만.'

안타깝게도 그의 마음에는 이미 다른 여인이 있었다. 때문에 맘에 안 드는 선택지에 발을 들인 것이다.

'훗….'

저도 모르게 실소가 나오려 했다.

'내가 이 정도로 빠져들다니.'

나름대로 콧대가 높다고 여겼던 만큼, 지금의 감정과 행동들이 낯선 건 어쩔 수 없었다.

'그래… 어쩔 수 없는 건가.'

그녀의 시선이 저 앞으로 향했다. 그가 쉬고 있을 치료실의 문이 보였다. 문득, 언제고 읽었던 소설의 내용 한 자락이 떠올랐다.

'더 좋아하는 사람이 지는 거라고 했던가.'

어쩔 수 없는 거였다.

"쿠너 오빠~!"

쾌활한 목소리를 연출하며 방문을 열어젖혔다. 거짓은
아니었다. 실제로 그를 만난다는 마음에 가슴이 뛰고 있었
으니까.

그의 당황하는 얼굴이 눈에 들어왔다.

'푸훗!'

웃음이 나올 것 같았다.

'정말….'

어쩔 수 없는 남자였다.

◈

달갑지 않은 이의 방문에 절로 입술이 불퉁해지고, 말투
가 퉁명해진다.

"거 참, 바빠 죽겠는데 왜 자꾸 오라 가라 하십니까?"

제튼의 날선 모습에 실소한 라바운트가 슬쩍 제튼의 뒤
편으로 시선을 보냈다. 저 멀리 그의 집이 보였다.

"자네가 아니라 부인이 바쁜 거겠지. 도시락 준비가 한
참이군. 여기까지 좋은 냄새가 풍기는 게… 맛이 좋겠어."

찔리는 게 있는지 제튼 역시도 말을 아꼈다.

"그래. 수도로 갈 생각인가?"

아이들이 보고 싶다던 셀린의 요청에 그 즉시 농기구를 내려놓고, 수도행을 결정한 상태였다. 이에 먹을 것 좀 싸간다며, 바삐 음식을 장만하는 중이었다.

"그걸 또 엿듣고 있었습니까?"

"허허… 마침 오는 길이라서 어쩌다가 그만 들었네."

변명 아닌 변명에 제튼의 미간 위로 한 줄의 주름이 잡혔다.

"미안하게 됐네. 허헛!"

무려 드래곤 로드의 사과였다. 어쩔 수 없다는 듯, 표정을 푼 제튼이 본론으로 들어가며 물었다.

"무슨 일로 오셨습니까?"

화제전환에 라바운트도 표정을 고치며 입을 열었다.

"그가 다가오고 있네."

제튼의 표정이 굳어졌다.

'데카르단….'

잠시 '그'의 정체를 떠올리다가 조심스레 물었다.

"얼마나 남았습니까?"

"미안하네. 나도 자세히는 모른다네. 그저… 흐름에 깃든 사념을 일부 엿봤을 뿐이지."

알 수 없는 이야기였다.

하지만 그가 드래곤들의 로드라는 걸 생각해본다면, 제

튼이 '천기'라고 여기는 것과 같은 것, 혹은 그보다 더 높은 의지의 편린을 엿보는 게 가능하다고 여길 뿐이었다.

자연스레 셀린과의 수도행이 마음에 걸렸다.

이런 제튼의 마음을 읽은 것일까? 라바운트가 슬쩍 미소를 그리며 말을 건네 왔다.

"걱정 말게나. 지금 당장은 아닐 테니."

흐름에 깃든 사념의 일부라고 했으나, 그것은 '세계수'에서 건너온 일종의 '정보'였다. 라바운트가 세계수의 의지에 기대 스스로를 감췄다는 걸 짐작하고 있기에, 그 역시 세계수의 의지에 일부 기대어 데카르단의 사념을 쫓은 것이다.

'제대로 읽을 수는 없었지만….'

이 부분에서 새삼 데카르단의 능력에 감탄했다. 세계수의 의지에 기대는 건 로드의 위치에 오른 그에게도 쉽지 않은 행위였다.

'로드의 권능도 없이 거기까지 행할 수 있다니.'

고개를 절레절레 흔든 라바운트가 제튼을 향해 재차 말했다.

"걱정 말게. 그래도 한동안 정붙이고 살던 곳인데, 내가 아주 몰라라 하겠나."

의심스런 얼굴로 제튼이 바라보고 있었으나, 어깨를 으쓱이며 웃는 얼굴로 태연히 받아낼 뿐이었다.

"후우… 알겠습니다. 더 하실 말씀은 없으시죠?"

"뭐, 그렇지. 허헛!"

"그럼…."

제튼은 간단히 예를 보인 뒤 집으로 돌아갔다.

어찌 보면 냉대라고 해도 부족하지 않는 제튼의 일관된 태도에도 불구하고, 라바운트는 항시 웃음으로 그를 대했다. 저와 같은 태도의 근본적 이유를 아는 까닭이었다.

'여전히 경계하는 것이겠지.'

해로운 존재가 아니라는 걸 밝혔다. 하지만 그렇다고 해서 이로운 존재 역시 아니었다.

드래곤 로드!

그는 언제나 중재하는 자로써, 때로는 제튼을 통제하려 들 수도 있었다. 때문에 혹시나 모를 상황을 대비하여, 의도적으로 거리감을 유지하려드는 것이다.

"그나저나…."

한 차례 코끝을 훔친 그가 제튼의 집을 바라봤다.

"확실히 냄새가 좋군. 좋아."

괜히 군침이 돌았다.

"휴가의 즐거움은 식도락일지니."

점심을 먹기에는 한참 이른 시간이었으나, 그럼에도 불구하고 그의 발길은 식당으로 향하고 있었다.

눈으로 보고도 믿을 수가 없었다.

"나무?"

때문에 의문성이 절로 흘러나왔다. 당연했다.

'으음… 틈새에 나무라니.'

보랏빛 가득한 창공과 검푸른빛 대지만이 그득한 이곳에 '생명체'는 살 수 없었다.

그들, 이곳을 터전으로 살아가는 '특별한' 존재들을 제외한다면, 생명체가 살아갈만한 환경이 아니었다.

사실, 이곳의 주민이라 불리는 특별한 존재들도 대부분 틈새 외곽에서 지내는데, 실제로 그곳은 틈새의 경계라고 하여, 틈새의 환경과 달리 생명체가 살아갈 수는 있는 장소였다.

때문에 지금 현상을 이해하기가 어려웠다.

"나무에… 풀까지?"

하나의 생명체가 뿌리내리는가 싶더니, 이내 그 주변으로 잡풀들이 일어나는 게 아닌. 게다가 그 성장과정이 기이했다. 일반적인 생명체의 성장 속도가 아니었다. 잠깐 눈을 떼도 커다란 변화를 보일 만큼, 단시간에 급속성장을 이룬 것이다.

"으음…"

결국 참아왔던 신음성이 터져 나왔다.

"수호자님, 어찌 해야 할까요?"

문득 들려온 질문에 시선이 돌아갔다. 이번 사건을 알려온 바몬이 긴장된 얼굴로 그를 바라보고 있었다.

'어찌한다….'

당장 베어버려야 한다는 예감이 들었다. 동시에 섣불리 건드려서는 안 될 것 같다는 생각도 따랐다.

"으음…."

연달아 터져 나오는 신음성이 그의 고뇌를 비춰줬다.

'사건에는 항상 이유가 있다!'

세상의 흐름에 민감한 그들 일족이었다. 때문에 지금 눈앞의 현상에 대해 분석을 하고자 했다.

비록 바깥세상, 중간계와 통하는 게 그들의 본질이라고는 하나, 태생적 특성 덕분인지 이곳 틈새의 흐름에도 어느 정도 녹아든 상태였다.

때문에 눈앞의 나무와 틈새 사이에 발생하는 변화를 살피고자 했다.

'모르겠군.'

하지만 도통 눈에 비치는 게 없었다. 감각에 잡히는 것 역시 존재하지 않았다.

"기다린다."

때문에 결정을 미뤘다. 짧은 한마디였으나, 바몬은 충분히 그 내용을 알아들었다.

'대사제님!'

이곳 틈새의 수장이라 할 수 있는 데카르단이라면, 그의 넓고 풍부한 지식이라면, 충분히 눈앞의 괴현상에 대한 답을 내어줄 수 있을 터였다.

❖

다행이라고 해야 할까?

"엄마~!"

환희 웃으며 팔짝 뛰어서 안겨드는 딸아이의 얼굴을 보고나자, 이번 아카데미 습격사건의 후유증이 크지 않다는 걸 확신할 수 있었다.

〈애들은 괜찮아.〉

제튼이 오는 내내 해 줬던 이야기가 거짓이 아니라는 것 역시 알게 되었다.

"오셨어요."

얼핏 무뚝뚝한 것 같지만, 눈빛 가득 따뜻함을 품고 있는 아들 케빈의 인사에 슬쩍 미소가 나왔다.

"잘 지냈지?"

셀린의 물음에 두 아이가 동시에 대답했다.

"예."

그리고 뒤이어 메리가 물었다.

"그런데 갑자기 웬 일이에요? 두 분 다."

자연스레 셀린의 시선이 제튼에게로 향했다. 딸아이의 질문을 통해, 수도에 다녀왔던 제튼이 아이들과 만나고 온 건 아니라는 걸 짐작한 까닭이었다.

[얼굴만 확인하고 왔어.]

독특한 방식으로, 조금은 늦은감이 있는 제튼의 고백이 전달됐다. 한 차례 눈살을 찌푸리던 셀린이 이내 표정을 풀며 아이들에게로 시선을 돌렸다.

"보고 싶어서 왔지."

그러면서 딸아이를 힘껏 끌어안았다. 그게 좋았던지, 메리 역시도 모친의 품에 얼굴을 가득 묻고 있었다.

이 모습을 기분 좋게 지켜보던 제튼이 등에 메고 있던 바구니를 앞으로 내밀었다.

"우선은 밖에서 이야기하기보다, 아무데라도 들어가는 게 어떨까."

그의 제안에 셀린의 품에 있던 메리가 동공을 크게 키웠다.

"엄마 와플 냄새다!"

케빈 역시도 눈을 빛내고 있는 게 보였다.

"빨리. 빨리. 들어가자."

딸아이의 재촉에 제튼과 셀린은 한 차례 웃음을 터트렸

고, 케빈 역시도 작게 미소를 그리고 있었다.

안으로 들어가자면서 움직였으나, 피크닉 분위기를 살리자는 셀린의 의견으로 인해, 결국 아카데미 내부 정원에 자리를 잡으며 바구니의 음식을 풀게 되었다.

"와~!"

감탄사가 절로 나올 정도로 많은 양의 음식들이 바구니 안에 있었는데, 신기한 건 바구니 안의 열기였다. 마치 막 구운 것처럼 따뜻한 와플과 갓 끓인 것 마냥 뜨거운 스프까지, 신기한 체험에 가족 모두의 시선이 제튼에게로 향했다.

"안 먹고 뭐해."

하지만 모르쇠로 일관하며 먼저 음식을 집어 드는 모습에, 바구니 속 열기에 대해 꼬치꼬치 캐물을 수가 없었다.

그들 모두 제튼의 기이한 능력을 알기에, 그냥 그런가 보다 하며 수긍할 뿐이었다.

그렇게 잠시 식사시간이 흐르고, 케빈과 메리는 오랜만에 맛보는 모친의 음식에 한껏 빠져들었다. 이 모습을 기분 좋게 바라보던 셀린의 시선이 이내 아이들을 떠나 주변으로 돌아갔다.

아카데미의 분위기를 살피고자 하는 것이다.

이곳까지 오는 와중에도 그렇고, 이 근방에서 보이는 학생들의 모습도 그렇고, 전체적인 분위기가 사건 이전과 크게 달라진 게 없어 보였다.

이 점이 의아해서 자꾸만 주변을 살피게 되는데, 아무리 돌아봐도 아이들의 얼굴에서 그늘이 비치질 않았다.

이는 아카데미 자체적인 노력 덕분이었는데, 실상 이번 사건에서 카이스테론은 타 아카데미와 달리, 학생들의 피해가 전무하다시피 했다. 그 대신 교직원과 호위단체인 흑표기사단의 피해가 큰 상황이었다.

헌데, 그런 두 집단에서 먼저 미소를 보이며 학생들을 독려하고, 아카데미 내 분위기를 정화시키려 들었다.

스승들의 이런 마음이 학생들에게도 전해진 것인지, 전체적으로 가라앉았던 공기가 빠르게 일상의 분위기로 전환된 것이다.

제튼의 경우에는 브로이를 통해 이 같은 이야기를 전해 들었으나, 셀린은 이를 듣지 못했기에 의문을 느낄 수밖에 없었다. 뒤늦게 그녀의 의문에 대해 눈치 챌 수 있었으나, 당장 이 부분을 입에 올리지는 않았다.

'나중에 가르쳐 줘야겠네.'

아이들을 배려한 것이다. 겉으로 보기에는 별다른 문제가 없어 보인다고 하나, 그래도 첫 실전의 경험이었다. 분명 가슴에 남는 게 있을 터였다.

게다가 지금의 분위기를 망치지 않기 위해서라도, 언급을 자제하는 쪽으로 선택한 것이다.

"그런데…쿠너는 안 불러도 될까?"

셀린의 물음에 제튼이 고개를 흔들면서 말했다.

"그 녀석은 나중에 보러 가도 돼."

사실, 아이들을 만나기 전, 쿠너에게 먼저 들를 생각이었으나, 제튼이 이를 제지하며 아이들에게로 온 것이었다.

그 이유를 묻자,

〈좋은 시간 방해하면 안 되잖아.〉

알 수 없는 대답만 할 뿐이었다. 그저 홀로 생각해 본 결과, 레이나와 마이얀 그리고 트라셀, 이들 세 여인과 관계되어있을 거라는 추측이 나왔다.

"나중에 이거나 좀 가져다주면 되지."

그러면서 제튼이 와플을 한 조각 따로 담는데, 이 모습에 메리가 발끈했다.

"안 돼!"

동시에 매가 먹이를 낚아채듯 와플을 앗아가는 게 아닌가.

"쿠너 오빠한테 이 귀한 걸 왜 줘? 아깝게!"

그녀의 이 황당할 정도의 냉랭한 태도에 가족들이 의아하게 쳐다보는데, 메리는 여전한 모습으로 쿠너에게 날을 세우고 있었다.

"레이나 언니를 두고 감히! 흥! 바람둥이 같으니라구."

그제야 대략적인 상황이 짐작됐다. 아무래도 마이얀과 트라셀의 소식을 들은 모양이었는데, 레이나와 친분이 있는 메리로써는 쿠너가 괘씸했던 것이다.

"물이나 실컷 먹으라지."

그러면서 남은 와플들을 한 번에 입안으로 집어넣는 괴행까지 부리는데, 무리를 한 까닭일까?

"커컥… 무… 물…!"

결국 목에 걸려버렸고, 우스꽝스러운 상황이 연출되어버렸다.

그렇게 겨우 와플을 삼켜낸 뒤가 또 가관이었는데,

"쿠너 오빠한테는 물도 아까워!"

물의 귀함을 맛본 자의 외침이었다.

◈

생각지도 못한 상황이라고 해야 할까?

'연합이라니….'

예상 밖의 일이었으나. 가면사내는 이 부분을 긍정적으로 받아들였다.

'그래. 제국을 상대하려면 뭉쳐야지!'

서로 등을 돌리고서 어찌 제국을 향해 날을 세우겠는가.

'성국도 슬슬 움직이려는 것 같고.'

대륙 최강을 상대하는 일이니만큼, 그가 상상하는 그림 역시도 거대할 수밖에 없었다.

아카데미 습격 당시의 손해를 단번에 씻어내는 순간이었다. 나쁘지 않은 흐름이라고 여겼다. 하지만 여기서 새로운 문젯거리가 발생했다.

"으드드득!"

연신 이를 갈아대며 분노를 표출하는 사내, 그들 그레이브의 수장 운트의 모습을 보고 있노라면 절로 머리가 지끈거려왔다.

"침착하셔야 합니다."

그를 진정시키기 위해 곁에서 떨어지지 않았다.

'균형이 무너진 건가.'

극한의 실험으로 탄생한 까닭일까? 운트는 커다란 부작용을 안고 있었다.

그 중 하나가 수명과 관련된 거였다. 하지만 이는 운트스스로도 납득한 부분이기에, 부작용으로 여기지 않았다.

〈감정에 먹히는 일이 없도록 해야 할 거다.〉

언제고 실험에 대해 설명하던 바탐의 주의사항이 떠올랐다.

그레이브의 수장은 운트이건만, 항시 앞장서서 무언가를 계획하는 건 가면사내였던 이유, 그게 바로 이 부작용때문이었다.

"브라―만!"

순간적으로 터져 나온 일갈이 가슴을 두드리고 지나갔다. 울컥거리며 핏물이 나올 것 같았으나, 치유의 아티팩트를 발현하며 애써 진정시켰다.

'지금껏 잘 버티고서는….'

가면사내가 안타까운 얼굴로 운트를 바라봤다.

'설마, 브라만 대공이 직접 나타날 줄이야.'

이미 운트를 통해 대략적인 사정을 전해 들었다. 그에게 목숨을 구걸받았다는 생각이 그의 자존심을 크게 건드린 모양이었다. 차가운 이성으로 자신을 다스리려 했으나, 생각 이상으로 감정적 결실이 컸던지, 결국 이곳에 도착과 동시에 감정적인 폭발이 일어난 것이다.

때문에 그의 복귀가 다행이라고 여기면서도, 지금 상황이 달갑지만은 않게 생각되었다.

"감정을 통제하셔야 합니다. 이대로 힘의 폭주에 먹히실 생각이십니까? 제발 정신 차리십시오!"

영웅으로써 등장해야 하건만, 마치 전설 속 광인 버서커가 되어 나타나서는 안 될 일이었다.

"빠드드득!"

그나마 다행이랄까? 운트 역시도 이런 부분을 인지하고 있었고, 그 때문인지 이를 악물며 스스로를 통제하려 노력하는 모습을 보여주고 있었다.

만약, 감정의 폭주에 먹혀버렸다면, 이미 이곳을 박차고 나가 외부에서 사건사고를 몰고 다녔을 터였다.

이런 운트의 노력을 알기에, 가면사내 역시도 그에게서 희망을 잃지 않은 채, 끊임없이 그의 이름을 외쳐 부르고 있는 것이다.

"운트!"

외침에 반응하는 그의 모습에서 아직 기회가 있다는 걸 느낄 수 있었다.

◈

오랜 세월 '그'를 연구해 왔다.

'뭐… 시간이 남아돌아서, 시간 때우기로 한 거지만.'

어쨌든 그 덕분에 늦게나마 확신을 가질 수 있었다.

'…브라만 대공!'

머리가 아팠다.

'끄응! 왜 하필 내 눈에 띄어가지고.'

이곳, 제국 수도의 빈민촌 생활은 그에게는 나쁘지 않은 일상이었다. 하지만 원래의 목적이었던 대공을 발견한 이상, 지금까지의 일상에도 변화가 생길 수밖에 없었다.

'그런데… 정말 대공일까?'

때문에 괜한 의심을 품어봤다.

'눈이나 머리색도 다르고, 생김새도 좀 다른 것 같았는데.'

지난 십여년의 세월 이곳에서 지내며, 남는 시간으로 대공에 대해 연구를 거듭했다. 심심 파적삼아 했던 일종의 놀이 같은 것이었으나, 이 덕분에 대공의 변화한 모습들에 대한 이미지를 상당부분 완성시킬 수 있었다.

그리고 오늘 발견했던 사내는 그 이미지에 너무도 부합되는 모습이었다.

발견 당시에는 확신하지 못했다. 하지만 거처로 돌아온 뒤, 자꾸만 찜찜한 기분이 들어 생각을 거듭한 결과, 뒤늦게 그에 대한 답을 얻어낸 것이다.

'오히려 그게 다행이었다고 해야 하나.'

만약, 첫 눈에 그에 대한 확신을 가졌다면?

'들켰겠지.'

대공의 능력이 어느 정도인지는 모르겠으나, 당장 대륙의 별이라 불리는 마스터들만 해도, 그 감각이 초월적인 영역에 있었다.

하물며 대륙 최강자라는 대공이 아니던가. 대번에 들통났을 게 분명했다.

때문에 뒤늦은 확신이 오히려 다행이었다.

'다행이… 아니기도 하고.'

이를 상부에 보고해야 한다는 생각에 벌써부터 머리가

지끈거렸다.

"젠장!"

욕짓거리가 불쑥 솟구쳤다. 대공이 아니다. 아닐 것이다. 스스로 의심을 해 봤지만, 멍청하게도 그의 본능은 진실을 파헤쳤다.

그는 대공이 맞다!

'차라리 못 본 걸로 치면….'

어차피 이번 임무로 파견되었던 이들 중, 이제 남아있는 건 그 혼자가 아니던가. 대부분 이곳 빈민촌 생활에 적응하지 못한 채 떠나간 것이다.

"언제부터 좋은 것만 먹었다고."

그러며 오늘 구걸해온 음식들을 손으로 비비기 시작했다. 정체를 알 수 없는 먹을거리가 탄생되었는데, 누가 봐도 먹기가 꺼려지는 그런 완성도를 자랑하고 있었다.

하지만 사내는 전혀 거리낌 없이 이를 입가에 가져갔다.

"크으… 맛나다."

벌써 십여년이 다 되어가는 세월을 이곳에서 지냈건만, 여전히 제국의 음식물은 맛이 일품이었다. 그가 어릴 적 지냈던 빈민촌에 비한다면, 이곳은 그야말로 궁궐이나 다를 게 없었다.

'먹을 것도 풍부하고.'

순식간에 음식을 처리한 그가 아쉬움이 남는지 입맛을

다셨다.

"전쟁 때문이려나. 양이 좀 줄었네."

최근 들어 구걸통이 꽉 차는 경우가 드물었다. 몬스터들의 본격적인 침공 이후부터 발생한 현상이었다. 여전한 아쉬움에 구걸통을 쓰다듬고 있을 때였다. 돌연, 그의 움막 입구를 막아 놓은 천이 펄럭거리는 게 아닌가.

"헨트!"

그러며 웬 소녀아이가 들어오는데, 한 눈에 봐도 열 살 정도나 되었을 법한 어린 소녀였다. 이곳 빈민가의 아이인 듯 얼굴 가득 땟물이 흘러넘쳤다.

소녀의 부름에 사내, 헨트가 눈살을 찌푸리며 말했다.

"로라야 아저씨가 어른한테는 반말하면 안 된다고 했지."

"쳇! 또 그 소리. 어른이 어른다워야 어른대접을 해 주지. 여기에 어른다운 어른이 어딨어. 헹!"

아이의 투정에 고개를 흔든 헨트가 재차 주의를 줬다.

"으음… 나한테야 상관없지만, 혹시라도 귀족들한테 실수하면 큰일 난다."

"그 정도는 나도 아니까 걱정 마시지."

입술을 불퉁 내미는 소녀의 모습에 고개를 흔든 헨트가 구걸통을 옆으로 치우며 물었다.

"무슨 일로 온 건데?"

"아! 맞다. 저기 길 모퉁이에 헤트릭 영감이 골골 거리는 게, 금방 골로 가겠던데."

"끄응… 말투하고는, 아프시다고 해야지."

한 차례 타박을 준 헨트가 자리에서 일어났다. 정보원으로 이런저런 활동을 해 온 덕분인지, 기본적인 치료지식 정도는 지니고 있었다.

덕분에 이곳 빈민가에서는 의외로 그의 손이 약손으로 통할 정도였다.

움막 구석에서 간단한 치료도구를 챙긴 헨트가 자리에서 일어나며 말했다.

"어서 가 보자."

이를 핑계로 잠시나마 대공에 대한 생각도 떨쳐낼 겸, 급히 밖으로 나섰다.

"같이 가."

로라가 그 뒤를 쪼르르 따랐다.

◈

페르산과 메르베스 그리고 테파른.

이들 세 왕국의 연합을 통해, 대륙 중앙의 왕국들 사이로 반 제국 분위기가 들불처럼 번져가고 있었다.

"그동안 제국에 억눌렸던 울분이 이 기회를 통해서 표

출되는 거겠지."

라비에라 공작은 쓰게 웃으며 보고서를 내려놓았다. 알
톤 왕국의 실세라 불리는 만큼, 지금과 같은 상황에 주변
국가의 동태에 민감하게 반응할 수밖에 없었다.

"좋지 않군."

제국과 국경을 맞대고 있는 왕국뿐만 아니라, 상당한 거
리를 둔 왕국들까지 가담 분위기가 조성되고 있었다.

"적어도 이번 시대는 완벽히 제국의 시대라고 여겼건
만."

최소한 그가 은퇴한 뒤에나 이런 사태가 발생할거라 예
상했던 것이다.

"골치 아프게 됐군."

개인적으로는 현상유지가 최고였으나, 왕국 내의 분위
기는 연합의 가담으로 향하고 있었다.

"대공의 부재가 이 정도까지 영향을 미칠 줄이야."

만약 브라만 대공이 자리를 지키고 있었더라면, 과연 지
금과 같은 반 제국적인 연합세력이 형성될 수 있었을까?
의문과 동시에 답이 나왔다.

"생각도 못 했겠지."

브라만 대공의 존재는 그 정도로 어마어마했다. 그리고
이 거대한 존재감의 잔재로 인해, 반 제국 연합이 완성되
지 못하는 것이기도 했다.

연합에 가담하는 분위기가 조성되고 있건만, 여전히 선뜻 발을 들이밀지 못하는 이유가 무엇이겠는가.

'대공의 복귀….'

지금 당장이야 모습을 드러내지 않는다지만, 언제든 돌아올지도 모른다는 두려움이 주변국을 주저하게 만드는 것이다.

"하지만, 만약… 이번에도 대공이 나타나질 않는다면……."

그 때는 어설피 형성된 분위기가 완벽하게 제 모습을 갖추게 될 터였다.

"나 역시, 선택을 해야 되겠지."

한숨을 푸욱 내쉬던 그의 시선이 새로운 보고서로 넘어갔다. 동시에 표정이 와락 일그러졌다.

"이 녀석도 문제인데…."

자신의 딸아이와 관련된 보고서였는데, 그 내용이 또 골머리를 썩였다.

〈정육점 주인에게 구애 중이십니다.〉

몇 번을 읽어도 속이 타들어가는 내용이었다.

"구애? 염병!"

오랫동안 입에서 떼어놨던 욕짓거리가 절로 솟구쳤다. 아무리 애지중지하는 딸아이라지만, 이번 사건은 경우가 너무 심했다.

당장 불러들이고 싶었으나, 어지러운 제국과 주변국의 분위기를 생각해본다면, 선뜻 복귀 지시를 내릴 수가 없었다.

특히 그와 같은 위치에 있는 존재의 영애라면, 수많은 고블린떼들이 달려들 게 뻔했다. 자칫 잘못했다가는 그의 중심이 흔들릴지도 모르는 일이었다.

애초에 딸아이의 수행원으로 보낸 호위기사의 숫자가 워낙 소수이다 보니, 이 같은 상황에서 섣부른 움직임을 지시하기가 어려웠다.

때문에 오히려 제국이 안전할 수도 있다는 게 지금의 결론이었다. 그리고 이런 이유로 인해, 더더욱 반 제국 연합의 분위기에 동조하기가 어려운 것이기도 했다.

"후우우우…."

깊고 길게 흘러나오는 한숨이 그의 감정을 대변해줬다.

"정말, 쉬운 게 없군."

주변 왕국의 분위기도 그렇고, 딸아이 문제 역시도 하나같이 머리 아픈 문제뿐이었다.

◈

상상도 못 했다.

'설마, 내가….'

딱딱하게 굳은 시선이 전방으로 향하자, 절로 눈이 부실 정도로 아름다운 여인이 보였다.

'내가… 여자에게 지다니.'

절망감과 함께 치솟는 민망함에 얼굴을 들 수가 없었다.

'검작공!'

애써 용기를 내, 자신에게 쓰라린 경험을 안겨준 여인을 재차 바라봤다. 다시 봐도 아름다운 여인이었다.

'빌어먹을….'

이가 갈렸다. 잠시 여인을 바라보던 시선이 다른 방향으로 돌아갔다. 그와 마찬가지인 몰골로 동정의 눈길을 보내오는 백발머리 사내가 보였다.

서리왕!

북쪽 대륙의 절대자라 불리는 존재로써, 그와 마찬가지로 별의 영역에 오른 강자였다. 하지만 이미 그보다 앞서 검작공이라 불리는 여인에게 패배를 경험한 상태였다.

잠시 떨어져 있던 사이에 발생한 일인지라, 정확한 과정을 살피지는 못했었다. 때문에 그를 비웃으며 앞으로 나섰는데, 이게 웬일?

'이런 개쪽이… 젠장!'

그 역시 별반 다를 것 없는 몰골로 바닥을 뒹굴고 있는 게 아닌가.

"학살자라는 이름값이 아까운데?"

문득 들려온 음성에 다시금 시선이 여인에게로 향했다. 검작공 오르카의 도발이 그를 자극한 까닭이었다.

"으득!"

이를 거세게 갈아 마시며 자리에서 벌떡 일어났다.

휘청!

하지만 앞서 타격의 여력이 아직 남아있던 듯, 잠시간 신형이 흔들렸다. 애써 자세를 바로잡은 그가 무기를 바로 세웠다.

그는 일반적인 해적이나 용병, 전사들과 달리 '낫' 을 무기로 쓰고 있었는데, 말 그대로 농사에서 사용할 법한 그런 흔한 낫이었다.

단지, 얼마나 날을 벼려냈는지 흔한 농기구와는 다른 섬뜩함이 넘쳐나고 있었다. 게다가 오랜 시간 그의 손에서 피를 먹어 온 까닭인지, 날 끝에 은은히 비치는 붉은 빛 혈광이 섬뜩한 느낌을 물씬 풍기고 있었다.

그리고 이 독특한 낫 끝에는 기이한 쇠사슬이 연결되어 있었는데, 그 사슬을 따라가 보면 한 눈에 봐도 단단해 보이는 추가 달려 있었다.

홍. 홍. 홍…

사슬을 잡은 손목을 가볍게 돌리자, 추가 사나운 울림을 뱉어내며 빙글빙글 돌아가기 시작했다.

그 모습에 오르카가 눈을 빛내며 입 꼬리를 말아 올렸다.

피부를 저릿저릿하게 만드는 기세가 날아들며, 이번 공격이 마지막 일격이라는 걸 짐작케 해 줬다.

'확실히 재밌네.'

제튼에게 배운 까닭일까? 전혀 생각지도 못했던 방식으로 전투를 끌어나가는데, 최초 무기를 꺼내는 시점부터가 이미 신선했다.

'이놈도 그렇고, 저놈도 그렇고.'

슬쩍 한편으로 비켜난 백발사내를 바라봤다. 북방의 서리왕이라 불리는 그의 장기는 그저 어디서나 볼 수 있는, 흔하디흔한 박투술이었다.

하지만 그와 전투를 치르면 흔하다는 생각을 할 수가 없었다.

'마법사도 아닌 놈이 마법을 부리는 것 같아서, 확실히 신기했지.'

가까이 다가가는 것만으로도 입김이 날 정도로 주변 공기가 내려갔던 것도 그렇고, 마주하는 순간 뼈가 저릴 정도로 시린 한기의 침입 역시도 신선한 경험이었다.

물론, 그녀 스스로도 주변 온도의 변화를 조절할 수는 있었다. 하지만 그것은 미지근하고 시원한 정도였지, 뜨겁고 시린 정도가 아니었다.

〈재밌을 걸.〉

그녀에게 저들을 맡길 때, 제튼이 했던 이야기가 떠올랐다. 그 말 그대로 지금 그녀는 상당히 흥이 난 상태였다.

"죽인다!"

문득, 학살자라 불리는 대머리 사내가 성난 외침과 함께 오른손을 뻗는 게 보였다. 동시에 그녀의 시선이 손으로 향하는데, 기이하게도 손 안에는 아무것도 비치질 않았다.

그 순간 눈이 아닌 감각이 움직였다.

'위!'

슬쩍 올려다보니 그녀의 머리를 향해 떨어져 내리는 추가 보였다. 잠시 서리왕에게 시선을 두고 있을 때를 노려서, 절묘한 타이밍으로 추를 하늘로 던지며 공격을 한 것이다.

피할 타이밍을 놓쳤기에 급히 검을 들어서 막아야만 했다.

카가가각!

추에 연결된 사슬이 격하게 꺾이면서 그녀의 검을 옭아맸다. 동시에 검을 부숴버릴 듯, 사슬에서부터 거센 압력이 밀려들었다. 사슬에 씌워진 오러가 유난히 눈에 담겼다.

경지 너머에 이른 그녀로써도 쉬이 볼 수 없는 오러량에 잠시 눈을 빛냈으나, 아쉽게도 그녀를 놀라게 할 정도는 아니었다.

이미 운트라는 경이로운 오러량의 결정체를 본 덕분이

었다.

검을 옭아매는 기운에 대항하고자 그녀도 오러를 한껏 키우는 순간, 전방에서 거세게 당기는 힘이 일어나며 균형을 비틀었다.

휘청!

찰나지간 반걸음 가량 그녀가 비틀거렸고, 다급히 중심을 잡는 그 순간, 이미 대머리 사내의 신형이 다가들고 있었다.

하늘 높이 치솟은 낫에서 소름끼치도록 매서운 열기가 피어나는 게 느껴졌다. 단번에 그녀를 절단해버릴 것 같은 기세였는데, 위기의 순간 그녀도 본색을 드러냈다.

의도적으로 저들에게 맞춰 기운의 양을 제어해 왔었는데, 이를 해방한 것이다.

경지 너머의 기운이 제 모습을 드러냈다.

파창!

검을 옭아매고 있던 사슬이 절단 되고, 자유를 찾은 그녀의 검이 하늘 높이 치솟았다.

카아아앙…

"크읍!"

대머리 사내가 신음성과 함께 바닥을 뒹굴었고, 그 뒤로 그의 무기인 사슬낫이 떨어져 내리는 게 보였다. 더 이상의 변명도 할 수 없는 처참한 패배였다.

허탈한 얼굴로 피범벅이 된 자신의 손과 엉망이 되어버린 사슬낫을 바라봐야만 했다.

"통째로 박살내버릴 생각이었는데, 생각보다 제법이네."

그 순간, 속을 긁는 음성이 귓전을 두드리는 게 아닌가. 넋을 놓고 있던 얼굴에 다시금 표정이 돌아오고, 식어버렸던 열기가 다시금 피어나는 찰나, 그녀의 얼굴을 보고야 말았다.

반짝거리는 눈빛, 흥겨움에 한껏 올라간 입 꼬리!

"하⋯."

순식간에 기운이 빠져버렸다.

'가지고 노는군.'

제대로 농락당한 기분이었다. 당연하게도 화가 나야 하건만, 너무도 확연한 실력차이를 경험한 까닭일까? 더 이상 달려들 생각이 들질 않았다.

특히, 마지막에 내비쳤던 그 기운은 그가 감당할 수 없는 능력이었다.

'후우! 그 작자랑 관계되면⋯ 결국, 이런 꼴이지.'

브라만 대공을 떠올리며 고개를 절레절레 흔드는데, 오르카의 실망한 음성이 들려왔다.

"겨우 그걸로 끝이야?"

"⋯그만 합시다. 내가졌으니까."

"명색이 해적이라는 놈이 왜 이렇게 독기가 없어. 학살자라며, 피에 미친놈이라면서. 좀 더 열정적으로 악으로 깡으로 달려들어야지."

그녀의 투정 같지도 않은 투정에 재차 열이 오르려 했으나, 그의 실상은 학살자라는 뜨거운 칭호에 어울리지 않게 더없이 이성적이며 차가운 사내였다.

때문에 빠르게 감정수습이 가능했다.

"됐수다."

이런 그의 반응에 오르카가 아쉬움을 표했다. 그러면서 백발사내를 바라보는 게 아닌가.

"한판 더?"

백발사내가 슬쩍 시선을 피하며 못 들은 척 귀를 닫았다.

"하아…시시한 놈들."

두 사내가 동시에 발끈하듯 움찔거렸으나, 이내 고개를 흔들며 한숨으로 품안의 열기를 게워내야만 했다.

멀찍이서 서리왕과 학살자의 굴욕적인 장면을 관람중이던 제튼은 고개를 끄덕이며 중얼거렸다.

"대충 일단락 된 건가."

그가 직접 나서서 대화로써 이야기를 마쳤던 암살왕과 달리, 저들 둘은 오르카를 내세워 직접적은 힘으로써 통제를 했다.

이는 그들이 암살왕과는 다른 위치에 있는 까닭이었다.

'저것들은 때려야 말을 들으니까.'

이성적 판단을 우선하는 학살자였으나, 그가 익힌 마공은 감정적인 부분을 자극하는 면이 컸다.

게다가 차가운 한기를 지배하는 서리왕의 경우, 그 분위기 때문에 이성적인 면이 강할 것이라고 여겨졌으나, 어릴 적 집안에서 받은 수난 때문일까? 가슴 깊이 곳에 활화산 같은 열기가 숨어 있었다.

시리도록 차가운 마공으로 머리를 식히지 않았더라면, 더없는 광기의 폭군이 되었을지도 몰랐다.

이런 이유가 아니더라도, 저들은 '천마'의 '마공'에 길들여진 이들이었다. 하지만 암살왕은 달랐다.

'그 녀석은 순수하게 제 실력으로 경지에 오른 놈이니까.'

천마의 '조언'으로 오른 암살왕이었다. 당연하게도 저들과는 대우가 다를 수밖에 없었다.

오르카를 직접 내세운 건, 이런 이유 외에도 카이든과의 연결을 위한 계산도 섞여있었다.

"남은 건… 팔룬인가."

여전히 제국 바깥을 맴도는 산왕을 떠올리자, 어울리지 않는 소심함에 절로 실소가 나왔다.

문득, 마졸들의 세력을 떠올려봤다.

산왕의 산적단과 학살자의 해적단 그리고 서리왕의 조직까지.

그저 카이든의 성장을 위해 불러들인 것이었으나, 만약 저들이 카이든을 순수하게 인정하고 그 밑으로 들어간다면?

저들 세력이 연합하게 된다면?

'그야말로… 국가 규모네.'

제국 내부에 숨겨진 왕국이 하나 더 탄생하는 것이나 다를 게 없었다.

"뭐, 거기까지는 내 관할이 아니니까."

저들과의 만남을 주선하고 성장의 발판을 마련하는 것. 거기까지가 해줄 수 있는 전부였다.

"그 뒤는…."

카이든의 몫이었다.

"알아서 잘 하겠지."

어깨를 으쓱인 그의 시선이 저 아래로 향했다. 아쉬움이 남는지 여전한 얼굴로 씩씩거리는 오르카의 모습이 보였다.

그 표정을 보고 있노라니, 왠지 입맛이 썼다.

'귀찮게 됐군.'

아무래도 한 판 붙자며 달려들 것 같다는 불안감이 밀려들었다. 한시 바삐 수도를 떠야 할 모양이었다.

#5. 어둠

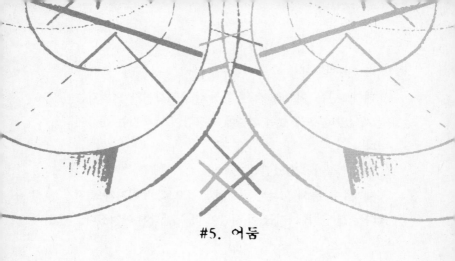

#5. 어둠

오랜만에 나온 바깥세상인 까닭일까?

걸음 가득 여유를 담은 채 느긋한 여정을 걷고 있었건만, 갑작스레 날아든 뜬금없는 소식이 발목을 잡아버렸다.

"나무?"

틈새에서 발생한 기현상에 머리가 바빠졌다.

'보랏빛 잎사귀에 검푸른 몸통. 틈새의 대지와 하늘을 담은 나무라….'

절로 눈살이 찌푸려졌다. 그 역시도 경험한 적 없는 상황이었기 때문이다. 정보의 부재 때문인지, 틈새로 돌아가야 한다는 생각이 들었으나, 이내 외출의 목적을 떠올리며 돌아서려던 발길을 다잡았다.

'브라만 대공!'

데카르단은 이전과 같은 일정을 유지하기가 어렵다는 걸 깨달았다. 느긋했던 외출에 속도감이 더해지는 순간이었다.

"좀 더 즐기고 싶었건만…"

세계수를 통해 훔쳐본 대지의 흐름으로, 목적지가 멀지 않다는 걸 알기에, 지금 이 시간이 더욱 아깝게 여겨졌다.

이미 몸은 다 나았지만, 그럼에도 불구하고 치료실에 있던 이유는 사실 별 거 아니었다.

'레이나 선생님…'

아프다고 걱정하며 문병을 오는 그녀를 보기 위해서였다. 고향에서 이곳으로 오는 사이, 어색했던 관계를 제법 돌려놓았다고는 하나, 장미의 맹세로 인한 여파일까? 은연중에 직접적으로 마주치는 건 피하려고 들었다.

하지만 그의 부상소식을 듣자, 점차적으로 얼굴을 비치기 시작한 상황이었다. 자주는 아니더라도 직접적인 만남을 가지 게 되었고, 길게는 아닐지언정 얼굴을 마주할 수는 있었다.

"그것도 이제 끝이구나."

쓰게 웃은 쿠너가 연무장 중앙에 서서 이리저리 몸을 풀었다. 며칠 전부터 더 이상 레이나가 찾아오지 않게 되면서, 슬슬 퇴원을 준비해야겠다는 생각을 하다가, 오늘 드디어 밖으로 나온 것이다.

"후우…."

아쉬움에 한숨이 새나왔다. 문득, 레이나의 발길을 끊게 만든 근본적 원인이 떠올랐다.

'그녀들….'

마이얀과 트라셀의 등장으로 인해, 다시금 레이나와의 거리가 생겨버렸다. 고향에 돌던 머리 아픈 소문이 재차 생각나 뒷목을 뻐근하게 만들었다.

그 답답함을 해소하려는 마음에서일까?

파파파팡!

가벼운 운동부터 시작하려던 애초의 계획을 잊은 듯, 시작부터 격렬한 움직임이 이어지며, 사납게 연무장을 휘몰아치고 있었다.

그렇게 얼마나 몸을 움직였을까?

슬슬 열기가 올라오며 땀이 차오르는 걸 느끼자 손이 자연스레 검을 찾았다. 연무장 한편으로 손을 뻗자, 거치되어 있던 수련용 검이 거짓말처럼 손안으로 빨려들었다.

쉬익! 쉭! 쉬이익!

마치 수십종류의 뱀들이 연무장에 출현이라도 한 듯,

기이한 소성과 함께 현란한 검광이 연무장을 가득 메워
갔다.

그리고 그 날카로운 빛살이 이내 거대한 벽이 되었을
때, 그 위로 거대한 그림자가 하나 떨어져 내렸다.

콰아앙!

저릿저릿한 충격파와 함께 쿠너의 신형이 뒤로 주르륵
밀려났다. 그가 눈을 빛내며 전방을 바라봤다.

"브로이 선생님?"

눈을 동그랗게 뜬 그의 동공에 익숙한 얼굴이 하나 담겨
들었다. 브로이가 빙긋 웃으며 그를 마주보고 있는 게 아
닌가.

"기왕 몸 푸는 거, 혼자보다는 둘이 나을 것 같은데. 어
때?"

갑작스런 충격에 욱신거리는 손목을 잠시 돌리던 쿠너
가 입 꼬리를 말아 올렸다. 오랜만에 느끼는 이 고통이 너
무도 반가웠기 때문이었다.

"좋죠!"

어느새 브로이와 같은 미소를 그려내며 그가 전방으로
신형을 내던졌다.

꽈르르르르릉…

더 이상 가벼운 몸 풀기는 그곳에 존재하지 않았다.

연무장의 내부를 지켜볼 수 있는 외부관람석으로 일단의 무리들이 눈을 빛내며 서 있었다.

"장난 아닌데."

그들 중 한명이 내뱉은 말에 다른 이들이 동의한다는 듯 고개를 끄덕거렸다.

"과연… 주군의 제자분이신가."

쿠너의 실력에 연신 감탄사가 나왔다.

"브로이 녀석도 많이 변했네."

그 순간 무리들의 얼굴이 동시에 굳어졌다. 과거에는 같은 위치에 있던 동료였다. 하지만 못 본 사이에 전혀 다른 존재가 되어 있는 게 아닌가.

"후우…."

누군가 내뱉은 짧은 한숨 한 자락이 마치 전염이라도 된 듯, 무리 전체로 퍼져나갔다.

"후우우우…."

"하아……."

쿠너를 보기 위해서 모인 것이었으나, 이상하게도 시선은 브로이에게서 떨어지질 않았다. 함께 좌절했던 동료가 지금은 저렇게 우뚝 서서 제 영역을 갖추고 있었다.

"마스터인가."

그들의 눈빛 가득 부러움이 차올랐다. 그리고 이내 브로이를 향했던 시선이 쿠너에게로 향했다.

"저분이 정말…."

"…우리를 고쳐주실 수 있을까?"

자연스런 의문! 오랜 시간을 고통받아왔던 감정이 쌓아 올린 불신이 그 물음 가득 묻어나왔다.

"믿자."

하지만 그렇기 때문에 희망을 읊조리고자 했다.

과거,

제국 전쟁의 초창기.

전 대륙에 커다란 충격을 몰고 왔던, 대공의 첫 번째 기사들이 마지막 희망의 불씨를 쿠너에게 지피고 있었다.

❋

부인과 함께 수도를 다녀온 뒤, 재차 일상으로 복귀한 덕분일까?

묘하게 차분해지는 기분이었다.

"하긴… 요즘 들어 좀 빡빡하게 살긴 했지."

제튼은 그레이브를 추적하느라 정신없이 뛰어다녔던 지난 한달 여를 떠올리자 절로 쓴웃음이 나왔다.

게다가 과거를 생각나게 할 만큼 여러 차례 전투를 치렀고, 피를 봤으며 잔혹한 감각들을 떠올리기도 했다.

이를 상기하자 쓸쓸하게나마 걸렸던 미소마저도 지워

졌다.

'아직도 남았으니.'

그를 찾아오고 있는 거대한 흐름이 떠올랐다.

'데카르단.'

드래곤 로드인 라바운트도 긴장해야 할 정도라는 소리
에, 일상으로 복귀한 상태이건만 여전히 심정적인 거슬림
이 남아있었다.

농기구를 정비하고 땅을 갈며 물을 나르는 등, 외적으로
는 전과 다를 바 없는 일상이지만, 내적으로는 끊임없이
연공을 하고 내부를 다스리며, 기운을 북돋으며 쉴 새 없
이 스스로를 단련하고 있었다.

미세한 근육의 움직임, 기운의 흐름 등, 하나하나 통제
하며 최상의 몸 상태를 만들기 위해 노력하는 한편, 지금
이 순간에도 발전을 꾀하고 있었다.

최강의 적이 다가오는 까닭이었다.

'아니지.'

거기까지 생각하던 제튼이 고개를 흔들었다. 진정으로
그를 긴장하게 만드는 적은 따로 있었기 때문이었다.

'천마!'

데카르단의 실체가 어떨지는 모른다. 하지만 라바운트
를 대면하는 동안에도 천마와 같은 미지에 대한 경계는 없
었다.

'그 빌어먹을 놈보다야 괜찮겠지.'

하지만 그렇다고 해서 긴장감을 풀 수는 없었다. 그의 시선이 하늘로 올라갔다.

천기라고 부르는 흐름이 아련하니 느껴졌고, 그의 긴장 감을 재차 부추겨왔다. 땅을 고르는 그의 손에 저도 모르 게 힘이 들어가며, 땅이 움푹 들어가 버렸다.

"으음…."

눈살을 찌푸린 그가 조심스레 땅을 다독였다.

멀찍이서 제튼의 모습을 지켜보던 라바운트는 일순간 밀려든 긴장감에 손바닥이 축축해지는 것을 느꼈다.

'뭐지?'

일시적으로 뻗어 나온 파동이 그를 자극한 것이었는데, 어째서 그런 모습을 보인 것인지 의문이 들었다.

'모르겠군.'

고개를 흔든 그가 손바닥의 땀을 닦아내며 슬쩍 시선을 뒤편으로 돌렸다.

그의 시선은 이곳 아루낙 마을에 있지 않았다. 이곳을 벗어나 스테일 영지마저도 건너뛴 그의 시선은 이내 루마 니언 지방마저도 훌쩍 넘어서고 있었다.

그 너머의 너머까지 지역을 지나친 그의 눈길이 하나의 존재에게로 향했다.

'데카르단.'

머지않은 곳에서 다가오는 그의 존재감을 느끼고 있었다. 거리가 가까워지자 이제는 알 수 있었다.

세계수의 그늘에 숨어 존재감을 감추려 하나, 일족의 로드이기에 느낄 수 있는 그 흔적이 희미하게 밀려들었다.

그나마 다행이라면, 데카르단은 그의 존재를 눈치 채지 못했다는 점이었다.

'차라리 들키는 게 더 나으려나.'

쓰게 웃은 그가 다시금 제튼에게로 시선을 돌렸다. 내적으로야 어떻든 외적으로는 일상을 살아가고 있는 제튼의 모습이 보였다.

왠지 미안한 마음이 가슴 한편을 채웠다.

그리고,

정확히 이틀 뒤.

"이곳인가."

일상을 흔드는 존재가 찾아왔다.

✦

팽팽하게 유지되던 긴장감으로 인해, 결국에는 사건이 발생할거라는 걸 누구나 예상하고 있었다.

아니나 다를까.

"전쟁이다!"

제국과 연합국 측의 마찰이 발발하고야 말았다. 당연하게도 제국 중앙의 분위기도 한층 바빠질 수밖에 없었다.

"국경의 상황은?"

"몬스터들의 침공으로 인해 여유가 나질 않습니다."

마르셀론 공작이 영지 탈환을 위해 수도를 벗어난 상황인 탓에, 회의를 주도하는 건 파스카인 공작이었는데, 그 때문일까? 회의를 주도적으로 이끌어가는 이들 대부분이 귀족파의 인원들로 구성되어 있었다.

전과 다르게 황실 측 구성원들은 한 걸음 물러선 위치를 고수하며, 회의 진행을 지켜보는 중이었다.

"이유가 뭔가?"

당연히 드는 의문이었다. 적당히 눈치싸움만 유지하던 와중에 갑자기 불이 붙은 까닭이 무엇일까?

"몬스터들의 도발 때문입니다."

말인 즉,

"저들도 결국 피해자다?"

연합국 측도 몬스터들로 인해 피해를 입은 것이다. 어찌 보면 당연한 수순이었다.

제국에서도 당황할 정도의 대규모 침공이었다. 아무리 산으로 들로 또는 물로 이동경로를 잡고 움직였다고는 하나, 결국 제국에 닿는 와중에 주변 국가와의 마찰은 어쩔 수 없는 일이었다.

초반과 달리, 뒤로 갈수록 소모전이 될 수밖에 없다보니, 자연스레 거리를 단축시키게 되고, 몬스터들의 이동 경로에 제국 주변의 왕국들이 걸릴 수밖에 없었다.

그러다 결국 눈감아 주기 어려운 피해까지 나게 된 것이다.

"예. 몬스터들의 뒤를 밟다가 저희 제국의 국경을 넘어선 모양입니다."

"으음…."

파악하고 보니 애매한 상황이었다. 그렇다고 해서 순순히 저들을 놓아주기도 어려웠다.

"골치 아프게 됐군."

파스카인 공작은 지끈거리는 이마를 부여잡은 채 가만히 눈을 감았다. 생각에 잠긴 그를 뒤로한 채, 귀족들은 서로의 의견을 나누기에 바빴다.

"이참에 본보기를 보여야 합니다."

"어허. 그 무슨 말도 안 되는 소리를 하는 겁니까. 정말 전쟁을 벌이실 생각입니까?"

"이미 전쟁이 벌어졌는데, 자꾸 외면하려 하지 맙시다."

기본적으로 한 발 빼려고 드는 이들이 많았는데, 이유야 간단했다. 아직까지는 국경지대에 속한 사건이었고, 본격

적으로 전쟁으로 인정하는 순간, 가문의 병력을 차출해야
만 하기 때문이었다.

게다가 군량미니 뭐니 하며 사용될 자금을 생각한다면,
본격적인 전쟁은 여러모로 좋지 않았다.

하지만 지금 상황은 앞서 몬스터 침공과는 분위기가 달
랐다.

앞서의 침공은 각 지역의 자체적인 방어력이나, 국경
의 수비력으로 감당이 가능하다면, 지금 연합국과의 마
찰은 제국 본진이 움직여야 한다는 걸 모두가 느끼고 있
었다.

무려 동대륙을 통치하고 중앙 대륙도 일부 장악하고 있
으며, 남대륙과 북대륙에도 발언권이 있는 '대' 제국이었
다. 유일한 안전지대라 불리는 서대륙 역시도 제국의 눈치
를 보는 실정이 아니던가.

대대적인 몬스터들의 침공일지언정, 제국 국경의 수비
력이 무너질 거란 예감은 없었다. 하지만 연합국이 움직인
다면 국경수비대로는 감당이 어려웠다.

게다가 대대적인 전쟁이 발발한다면, 연합국만이 문제
가 아니었다.

'눈치만 보던 고블린 같은 놈들도 하나 둘 끼어들겠지.'

파스카인 공작이 머리를 싸매는 이유가 바로 이것 때문
이었다.

게다가 이런 그의 머리를 더욱 가열하는 귀족들의 행태
역시도 마음에 들지 않았다.

"후우…."

문득 마르셀론 공작이 생각났다.

'차라리 나도 밖으로 나가고 싶군.'

여기에 생각이 이르자 자연스레 과거 삼공작 체제가 떠
올랐다.

'리베란 공작이나 트라베스 공작이 이런 일은 잘 했었
는데.'

조금은 그리운 과거였다.

"당장 움직여야 합니다!"

"어허. 외교문제로 해결할 수 있는 일을 괜히 키우려 하
지 맙시다."

"이 사람이 정말!"

"뭐! 이 사람? 나이도 어린 게."

회의를 가만히 보고 있자면 참으로 가관도 이런 가관이
없었다. 마르셀론 공작이 회의 내내 침묵하던 이유를 왠지
알 것 같았다.

"후우…."

한숨만 깊어갔다. 하지만 상황이 급박한 만큼 결국은 회
의 중에 결론을 내려야만 했다.

"그만!"

묵직한 일갈과 함께, 별의 영역에 이른 그의 존재감이 회의장을 가득 메웠다. 자연스레 공기가 무거워지며 공간 가득 침묵이 채워졌다.

만족스레 고개를 끄덕인 파스카인 공작이 외쳤다.

"전쟁이다!"

마르셀론 공작이 있었다면 어떤 결론을 내렸을까? 혹은 리베란 공작이나 트라베스 공작이라면?

아마 그와는 다른 결론을 내렸을지도 모른다.

비록 오랜 시간을 중앙에서 권력자로 지내며, 나름 너구리라 불리는 존재가 되었다고는 하나, 그는 기본적으로 그들과 다른 게 있었다.

'전쟁이다!'

그는 기사였고,

한 때, 전투는 그의 일상이었다.

'황제가 어찌 나올지가 문제인데….'

잠깐의 고민이 이어졌으나, 크게 신경 쓰지는 않았다.

'어차피 허수아비 황제 따위.'

얼마든지 밀어붙일 수 있다고 여겼다.

◈

간접적인 체험과 직접적인 체험에는 차이가 있다고 했

던가. 알콘의 육신을 빌어 잠시간 마주했던 것과 달리, 직접 눈으로보고 확인한 상대의 역량은 그야말로 상상이상이었다.

'저릿저릿하군.'

별 다른 힘의 발현도 없건만, 피부를 찌르며 밀려드는 기백에 절로 탄성이 나올 뻔 했다. 적이라는 이유를 떠나서 순수하게 그 강함에 감탄한 것이다.

'과연, 이레귤러!'

때문에 더욱 확신할 수 있었다.

'이 세상에 존재해서는 안 될 힘이다.'

위대한 일족이라고 불리는 드래곤, 그 중에서도 고룡이라 불리는 그에게 이런 긴장감을 준다는 것 자체가 이미 법칙에 어긋나는 것이라 여겼다.

"브라만 대공."

그가 상대의 이름을 입에 올리며 천천히 기세를 끌어냈다. 이에 제튼이 눈살을 찌푸리며 물었다.

"설마, 여기서 할 생각은 아니겠지?"

현재 그들이 서 있는 곳은 아루낙 마을의 남쪽 입구였다. 워낙 은밀하게 다가온 까닭에, 제튼 역시도 뒤늦게 눈치를 챘고, 결국 입구까지 접근을 허용해야만 했다.

질문을 듣지 못한 것일까? 아니면 무시하는 것일까? 침입자는 여전한 모습으로 기운을 끌어올리는 게 아닌가.

그로 인해 주변 대지가 부르르 떨며 진동을 일으키기 시작했다.

"데카르단!"

제튼이 침입자을 사납게 외쳐 부르며 기운을 내비쳤다. 그의 경우에는 주변의 이상현상을 억누르기 위한 발현이었다.

그 순간 데카르단의 눈에 불이 들어왔다. 대지의 흔들림이 잦아드는 걸 느낀 까닭이었다.

'과연….'

상대의 능력을 재차 인정하며, 한층 더 거세게 기운을 일으키려는 찰나였다.

"거기까지."

그들 사이로 새로운 음성이 끼어드는 게 아닌가. 동시에 데카르단의 표정이 한껏 굳어졌다.

"…라바운트?"

말도 안 된다는 생각에 급히 고개를 돌려 음성의 주인을 확인했다. 착각이 아니었다.

"정말로… 너냐?"

그 물음에 라바운트가 웃으며 말했다.

"허헛! 오랜만이라고 옛 친구 얼굴도 까먹은 건가."

"어떻게 여기에…."

너무도 당혹스런 마음에 질문이 채 이어지질 못했으나,

뒷말을 충분히 짐작한 듯, 라바운트가 고개를 끄덕이며 답했다.

"자꾸 까먹는 모양인데, 내가 이래 보여도 로드라네."

"으음…."

신음성을 내뱉는 그의 모습에 라바운트가 쓰게 웃으며 물었다.

"이곳을 통째로 파괴할 생각이었나?"

"……."

질문에 대한 대답은 침묵으로 충분했다.

그 순간 제튼의 표정이 굳어졌다. 설마 했던 가정이 맞아떨어지는 기분이었기 때문이다.

"자네는… 여전하군."

어느새 표정을 지운 라바운트가 데카르단을 향해 말했다.

"하아… 제튼 저 친구가 사는 곳이라서. 그래서 그 주변까지 전부 정리하려고 한 것이겠지."

"제튼?"

데카르단의 시선이 제튼에게로 향했다. 그리고 이내 고개를 끄덕였다.

"그게 본명이었군."

당연히 제튼의 안색이 구겨졌고, 그 불만의 기색이 라바운트에게로 향할 수밖에 없었다. 라바운트가 슬쩍 시선을 피하며 빠르게 이야기를 이었다.

"자네는 여전히 마룡의 굴레를 벗어나지 못했군."

그 순간 데카르단의 두 눈에 붉은 혈광이 일어났다.

"나를 마룡이라 부르지 마라!"

"죄 없는 인간들까지 말려들게 하는 자네가 어찌 마룡이 아닌가. 저기 저 마계의 저주받은 일족들과 다를 게 무어란 말인가."

라바운트의 이야기에 잠잠해졌던 데카르단의 기운이 다시금 일어나기 시작했다. 그 모습에 라바운트가 고개를 흔들었다.

"자네가 이리 극단적으로 나오지만 않았더라면, 굳이 내가 나설 이유가 없었을 것이네."

그 말처럼 이곳이 아닌 적당한 장소로 이동한 뒤, 제튼과 전투를 벌였더라면? 결코 그가 나서지 않았을 터였다. 하지만 결국 데카르단은 아루낙 마을까지 목표로 삼고 있었고, 라바운트는 중재자의 의무를 다해야만 했다.

"일족의 로드로써 명하겠다!"

이제는 옛 친우의 정으로 상대할 때가 아니었다.

"너의 위치로 돌아가 사명을 다하라."

라바운트의 명에 데카르단의 안색이 굳어졌다. 일족의 로드로써의 권능이 그에게 밀려드는 걸 느낀 까닭이었다.

당장 틈새로 가야 한다는 감정이 치솟았다.

"빠드드드드득…."

거세게 이를 갈아 마시며 뒷걸음질을 참아냈다. 거기에 더해 오히려 한 걸음 앞으로 내딛는 모습까지 보여줬다.

라바운트의 안색이 딱딱하게 굳어졌다.

'역시….'

통하지 않을 것이란 예감은 있었다. 하지만 생각으로만 하던 상황을 막상 정면으로 마주하고 나자, 여간 당혹스러운 게 아니었다.

'아니, 당연한 건가.'

일족의 수장이라고는 하나, 그 권능의 일부가 이미 후계라 할 수 있는 벨로아에게 건너간 상태가 아니던가. 불완전한 상태에서 일족 최악의 마룡을 제압한다는 건 무리일지도 몰랐다.

'결국은 차선으로 가야 하는가.'

호흡을 고른 그가 다시금 외쳤다.

"틈새의 마룡이여 들어라. 너는 단 하나의 생명만 취할 수 있을 뿐이다. 그리고 너에게는 이곳에 머무는 건 허락하지 않겠다!"

데카르단의 심적 반발이 그나마 적게 작용하는 명령을 내리는 것이다.

"떠나라. 틈새의 마룡이여."

말인 즉, 장소를 옮기라는 의미였다.

"으드드득!"

그나마 납득하는 내용이었던지, 권능에 대한 반발이 앞 전보다 적었다. 하지만 그럼에도 불구하고 짙게 밀려드는 불만의 감정이 어깨를 짓눌렀다.

틈새의 마룡!

그 단어가 심적인 반발을 일으킨 것이리라. 이러한 친우 의 마음을 알고 있었으나, 라바운트는 일부러 무시하며 제 튼에게로 시선을 돌렸다.

"부탁하네."

권능의 완성을 위해서는 제튼이 나서야만 하기 때문이 었다.

"후우…."

결국 평화적인 해결방법이 없다는 걸 깨달은 제튼이 한 숨을 푸욱 내쉬며 먼저 자리를 옮겼다. 그가 떠나야 데카 르단이 움직일 것을 알기 때문이었다.

이에 잠시 주저하던 데카르단이 할 수 없다는 듯 제튼의 뒤를 따랐다.

"후우…."

둘의 모습이 시야에서 사라지기가 무섭게 라바운트가 한숨을 내쉬며 이마를 훔쳤다. 어느새 흐른 것인지, 축축 한 땀방울이 묻어나와 있었다.

"확실히 만만치가 않군."

아마도 이번 사건이 일족의 수장으로써 그가 해결해야

하는 마지막 문젯거리가 아닐까 하는 생각이 들었다.

잠시 숨을 고르며 슬쩍 주변을 돌아봤다. 몇몇 행인들의 시선이 보였다. 당장 제튼과 데카르단을 뒤쫓고 싶었으나 그럴 수가 없었다. 저들의 기억에서 데카르단을 지워야 하기 때문이었다.

"후우우우…."

기억 조작은 쉬운 마법이 아닌데다가, 그다지 손에 맞는 마법이 아닌 탓에, 절로 한숨이 깊어졌다.

◈

틈새의 나무는 실로 급속도로 성장하더니, 어느새 하늘에 닿을 듯 가지를 뻗어 올리고 있었다. 거기에 주변으로 영역표시를 하듯 퍼져나가는 잡풀들은 보고 있는 이들로 하여금 기이한 긴장감을 지니게 만들었다.

이 괴현상에 틈새에 구역을 나눈 뒤, 넓게 퍼져있던 수호자들도 하나, 둘 모여들기 시작했다.

그리고 이 즈음 나무에서도 새로운 변화가 일어났다.

"열매?"

언뜻 과일처럼 보이는 붉은 열매 하나가 나무에 열린 것이다.

이 소식에 마지막까지 자리를 지키던 수호자들도 모여

들었고, 그렇게 한자리에 모인 수호자들 중 일부의 얼굴이
굳어졌다.

카마지엘, 라마로이지, 하무라반.

수호자들 중에서도 고룡의 영역에 한발씩 걸친 이들로
써, 맡은바 지역을 마지막까지 지키다 도착한 이들이었
다.

"왜 그러십니까?"

다른 수호자들의 물음에 그들 중에서도 가장 나이가 많
은 카마지엘이 신음성 섞인 음성으로 입을 열었다.

"으음… 마령이라니."

그 순간 다른 수호자들이 눈을 빛냈다.

"마령이라면… 설마, 마계의 저주받은 거목을 말씀하시
는 겁니까?"

카마지엘이 고개를 끄덕이며 말했다.

"나무는 기억에 없는 모습이만, 저 열매는 분명…기억
에 있다."

"지금 당장 불태워야 합니다."

라마로이지의 말에 하무라반 역시 고개를 끄덕이며 거
들었다.

"열매의 수가 늘어난다면, 이곳에도 마기가 들끓게 될
것입니다."

중간계에 세계수가 있다면, 마계에는 마령이 존재했다.

세계수와 마령이 다른 점은, 세계수는 오롯이 선 '하나'였고, 마령은 여러 개체로써 이뤄진 '집단'이라는 점이었다.

그 때문에 과거에는 이 마령을 이용한 마계의 침공도 있을 정도였다.

마령이 심어지고 열매가 가득 맺히는 순간, 주변 대기가 마계와 같아지며, 마족들이 건너오기에 충분한 조건이 갖추지는 것이다.

이를 이용한 마계의 침공으로, 한 때 대륙은 커다란 환란에 휩싸였던 적이 있었다.

그리고 이 때에 카마지엘은 유년기라 할 수 있는 어린 해츨링 시절로써, 당시의 상황에 대해 작게나마 듣고 기억하는 게 있었고, 이 때에 마령의 열매 역시도 하나의 정보로써 눈에 담아둔 상태였다.

"당시에 희생된 일족의 숫자만도 무려 백단위가 넘어갔지."

전체의 절반이상에 해당되는 수로써, 그 대부분이 고룡과 성룡이었다는 걸 생각한다면, 그야말로 대사건이라 할 수 있었다.

때문에 일족 내에서 당시를 기억하는 이들은, 이를 '암흑기'라 칭하며 가슴깊이 묻어야만 했다.

"그런데 어째서 마령이 이곳까지 들어온 거지?"

당연한 의문이었다.

"죽었다던 알콘이 살아 돌아온 것과 연관이 있겠지요."

하무라반이 그 말과 함께 성큼 앞으로 걸어갔다. 나무의 정체를 알았으니, 이제는 불태워 없애야만 할 때였다.

열매의 수가 열 개를 넘어가면 마족의 소환이 가능해지기 때문에 빨리 없애야만 했다. 게다가 장소가 장소인 만큼 한 개의 열매로도 어떤 변수가 발생할지 몰랐다.

"성염의 창!"

순간 하무라반의 손 위로 하얗게 빛나는 창이 생성되었다. 마계에 속하는 마령을 불태우려면 일반적인 방법이 아닌 신성한 기운이 필요했다.

때문에 성스러운 불꽃을 일으킨 것이다.

이내, 하무라반의 손이 뻗어지고, 성염의 창이 마령을 향해 일직선으로 뻗어나갔다.

콰아아앙!

창에 담긴 빛의 크기에 따라 거대한 폭발이 일어났고, 이내 마령 주변이 빠른 속도로 불타기 시작했다.

틈새의 공간에 발생했던 기현상은 그렇게 끝을 맺었다.

그리고,

"휘유… 환영인사가 너무 화끈한데."

새하얀 불길 속에서 한 줄기 음성이 흘러나오며, 시커먼 어둠이 피어나기 시작했다.

　새로운 변수의 등장이었다.

❖

　전투를 위한 장소로는 이미 봐 놓은 위치가 있었다.

　벨로아와 자주 몸 풀기 대련을 하던 곳으로써, 이미 그
들의 식후운동으로 인해 엉망이 되어버린 들판이었다.

　그 장소의 한가운데, 제튼이 내려서고 데카르단이 뒤따
라 착지했다. 당장이라도 전투를 벌일 것 같은 분위기였으
나, 그들은 한참을 침묵 속에 마주하고만 있었다.

　먼저 말문을 연 것은 제튼이었다.

　"정말로… 마을사람들에게까지 손을 댈 생각이었나?"

　그의 질문에 데카르단이 싸늘한 안광을 내비치며 답했
다.

　"전염병을 알고 있겠지?"

　짧은 내용이었으나, 충분히 그 의미가 전달되었다. 제튼
이 전염병의 원인이고, 마을 사람들은 그로 인해 발생한
피해자라는 의미였다.

　"빠득!"

　이를 간 제튼이 즉각 기운을 끌어올렸다.

　화아아악!

제튼의 등 뒤로 거대한 어둠이 피어올랐다. 앞서와 달리 억제하기 위한 기운이 아닌, 말 그대로 전투를 위한 파괴의 어둠이었다.

이를 지켜보던 데카르단이 짧게 한마디를 더했다.

"부정한 기운이군."

동시에 마력을 끌어올리는데 급속도로 일으킨 까닭인지, 그의 주변으로도 기운이 형태를 갖추며 일어나는데, 어째서일까?

그의 마력 역시도 짙은 어둠을 담고 있었다.

두 개의 거대한 어둠이 피어오르며, 밝게 타오르던 태양이 빛을 거뒀고, 뒤이어 푸르던 창공이 모습을 감췄다.

밤이 찾아온 듯, 순식간에 칠흑빛에 휩싸인 환경 속에서 제튼과 데카르단이 서로를 응시했다.

숨 막히는 긴장감 속에서 먼저 움직인 건 데카르단이었다.

콰웅!

어둠을 가르는 한 줄기 섬광이 제튼을 향해 뻗어 나왔다.

'브레스!'

이미 벨로아를 통해 그 정체를 눈치 챈 제튼이 이를 갈았다. 우연일까?

'노렸겠지!'

만약 이번 일격을 피한다면, 자칫 아루낙 마을에도 피해가 닿을지도 몰랐다.

궁극의 마법이라 불리는 9서클의 마법에 올라있는 게 바로 드래곤의 숨결이었다. 마을에서 먼 거리를 이동한 상태였으나, 그럼에도 불구하고 쉬이 긴장감을 풀 수가 없었다.

벨로아의 브레스를 상회하는 위력이 담겨있는 까닭이었다.

"후웁!"

짧게 호흡을 고른 제튼이 검결지를 쥔 채 전방으로 손을 뻗었다. 끝자락에 가서 한 차례 손목을 비트니, 전사경이라 불리는 회전의 극치가 그 끝에 담겨 브레스를 맞이했다.

꽈르르르르릉…

거대한 파괴의 향연에 어둠이 갈라지고 한 줄기 빛살이 그 틈으로 떨어져 내렸다.

조금 전 일격으로 분노가 머리끝까지 차오른 제튼이 천마신공의 기운을 한껏 담아 전방으로 몸을 던졌다.

신검합일(身劍合一)!

검과 하나가 된다는 검술 최고의 기예가 한순간에 펼쳐지며 뻗어나갔다.

갑작스레 생성된 검의 형상과 그 안에 담긴 기운에 놀란 듯, 잠시 안색을 굳히던 데카르단이 바삐 양 손을 거세게 마주쳤다.

짜악!

손뼉소리와 함께 그 주변의 공기가 격렬하게 진동하기 시작했다. 그 울림들은 서로 마찰하며 어지럽게 뒤섞이더니, 이내 주변 대기를 격하게 비트는데, 그 모습이 마치 하나의 거대한 벽처럼 여겨졌다.

그 벽위로 제튼의 검격이 닿는 찰나,

"대기의 장벽!"

데카르단이 짧게 외쳤고 이내 대기의 뒤틀림 속에 거대한 마나가 실리며 단단한 방패가 완성되었다.

콰아아앙!

그 위로 제튼의 검격이 떨어지고, 이내 튕기듯 물러나야만 했다.

"으음…"

검결지를 쥔 손을 움켜진 제튼이 눈살을 찌푸리며 데카르단을 바라봤다. 벽에 닿는 순간 헤아릴 수 없을 정도로 많은 수의 진동이 검격을 타고 전달된 까닭이었다.

그야말로 공방일체의 마벽이었다.

'과연…'

성질을 자극하는 적이었으나, 일시지간 보여준 그 능력

에는 감탄하지 않을 수가 없었다.

'라바운트님이 인정할 정도라 이거지.'

새삼 긴장감이 차오르며 뜨겁게 달궈졌던 가슴 한편에 차가운 이성이 내려앉았다. 새로이 각오를 다지고 있을 즈음, 데카르단이 움직였다.

"땅의 분노!"

지진과 함께 대지가 일어났다.

"불의 축제!"

흔들리며 갈라진 땅거죽 사이로 불길이 솟구쳤다. 급히 오러를 둘러 몸을 감싸는데, 불의 열기가 너무도 뜨거워 피부가 급속도로 달궈지고 있었다.

"천공의 비명!"

꽈르르릉!

어두운 하늘 위로 사나운 천둥소리가 이는가 싶더니, 이내 거대한 빛의 기둥이 떨어져 내렸다.

너무도 순식간에 이어진 연계 마법에 피할 타이밍을 놓친 듯, 오러의 막을 더욱 단단히 두르는데, 그 순간 전달되는 짜릿한 감각에 빛의 정체가 번개라는 걸 깨달을 수 있었다.

"으득!"

이를 악다물 정도의 충격이 밀려들었다. 하지만 아직 데카르단의 연계마법은 끝이 아니었다.

검지를 뻗어 제튼을 가리키는가 싶더니, 이내 짧게 읊조린다.

"장미의 분노!"

그 순간 어디서 생성된 건지 알 수 없는 수백 수천개의 가시가 제튼을 향해 날아들었다.

파파파파파파팍!

오러의 막 위를 격하게 두드리며, 그 마찰로 일어난 불꽃이 정신없이 시야를 어지럽혔다. 동시에 내부도 함께 울렁거리는데, 가시 하나하나에 담긴 힘이 그만큼 무시무시했기 때문이었다.

'젠장!'

제튼은 자신이 한 순간 타이밍을 놓치면서 발목을 잡혀버렸다는 걸 깨달았다.

이대로라면 마법의 향연 속에 고스란히 전신을 노출시킨 채 최후를 맞이하게 될지도 몰랐다. 그가 뿌려놓았던 천마신공의 영역이 급속도로 줄어드는 게 그 증거였다.

'벨로아 영감님 정도였다면…'

이미 드래곤이라는 존재에 대해 상당부분 겪었다고 생각했다. 하지만 눈앞의 데카르단은 그의 예상을 훨씬 웃돌고 있었다.

상대가 만약 벨로아였다면 이 와중에도 일말의 틈 정도는 만들어낼 수 있었을 것이고, 그 사이로 몸을 빼냈을 터였다.

하지만 데카르단은 그런 기회자체가 없었다. 완벽하다는 생각밖에 들지 않는 마법의 연계였다.

'할 수 없나.'

일말의 희생을 각오해야만 했다.

"후읍!"

결단과 동시에 움직였다.

"어허어어엉!"

사자후 또는 천마후라고도 불리는 기예가 터져 나왔다. 음성을 타고 오러가 사납게 주변을 뒤흔드는데, 그 모습이 마치 앞서 데카르단이 손뼉을 치며 보여줬던 것과 닮아있었다.

일순간 대기가 흔들리며 날아드는 가시와 번개 그리고 불꽃의 연격들을 비틀었다.

그 사이, 오러의 막을 치느라 전신에 흩어놓았던 기운을 한데 모은 제튼이 전방을 향해 검결지를 뻗었다.

재차 발현된 신검합일의 기예가 마법의 연격으로 형성된 포위망에 한 줄기 틈을 만들어냈다.

검결에 의지를 심은 제튼이 그 안으로 검을 날렸고, 몸을 던졌다.

콰아아아아……

그저 몸을 빼내는 것으로는 이 상황에서 벗어나기가 어

려웠다. 때문에 검결의 목적지에 데카르단을 두고 움직였다.

아니나 다를까 새로운 마법들로 제튼을 다시 포위하려던 데카르단이 표정을 굳히며 마력을 주변으로 거뒀다.

그러며 앞서와 같은 행동을 반복했다.

짜악!

"대기의 장벽!"

그 순간 제튼의 의지가 멈췄다. 어차피 안전하게 몸을 빼내는 게 최우선이었다. 쓸데없이 장벽과 마주하며 이전과 같은 상황을 반복할 수는 없었다.

게다가 지금은 호흡을 고를 시간이 필요하기도 했다.

"후우우우…."

땅 위로 내려선 제튼의 전신가득 핏물이 흘러내리고 있었다. 앞서 탈출 당시에 입은 피해였는데, 그나마 다행이랄까.

'거죽만 좀 긁혔군.'

내상까지도 염두에 둔 채 움직였건만, 다행히 그 정도로 심각하진 않았다. 겉보기와 달리 심각한 상태는 아닌 것이다.

두어 번 숨을 골랐을까? 제튼이 다시금 검결지를 쥔 채 움직였다.

데카르단 주변의 마력이 움직이는 걸 느낀 까닭이었다.

그야말로 찰나의 휴식이었다.

'당하고만 있을 수는 없지!'

눈을 빛낸 제튼이 천마신공을 앞세웠다.

"칠흑의 메아리!"

어느새 데카르단의 마법이 완성된 것인지, 하늘에서부터 검은빛 덩어리들이 떨어져 내리기 시작했다.

헌데, 그 하나하나가 날카로운 예기를 띄고 있어, 선뜻 앞으로 전진하기가 어려워 보였다. 하지만 멈춰 설 생각이 없는 것인지, 제튼은 우직하니 앞으로 신형을 내던질 뿐이었다.

"천마강신(天魔强身)!"

제튼의 짤막한 외침과 함께, 어둠의 일부가 그에게로 흡수되는가 싶더니, 이내 그의 육신이 검은빛으로 물드는 게 보였다.

타타타타타탕!

동시에 수천조각의 어둠의 낫들이 그의 어깨위로 떨어져 내렸다. 하지만 아무런 피해도 없는 듯, 멀쩡한 모습으로 우직하니 전진하고 있었다.

그 순간 데카르단이 눈을 빛냈다. 알 수 없는 언어를 중얼거린다 싶더니, 마치 저 마계의 군주들처럼 단단한 육신으로 변이하는 게 아닌가.

'뭐지?'

이해할 수 없는 상황이었으나, 이내 제튼의 정체를 상기하며 고개를 끄덕였다.

'이레귤러!'

세상의 흐름에서 배제된 부정한 존재.

그가 정의하는 제튼이라는 존재였다. 불가해한 현상 역시도 충분히 그럴 수 있는 상황인 것이다.

잠시간 상념에 빠진 사이, 어느새 제튼이 지근거리에 다다라 있었다. 하지만 데카르단 역시 놀고만 있던 건 아니었다.

"용의 진노!"

짧은 외침과 함께 준비한 마법이 전방에 펼쳐졌다.

우우우우우우웅……

일순간 데카르단과 제튼사이의 공간이 진공상태가 되는 듯싶더니, 그 앞으로 거대한 어둠이 일어났다.

'우옷!'

우직하니 전진하던 제튼도 일순간 전진을 주저하게 만들 만큼, 거센 흡입력이 어둠에서부터 뻗어 나와 그를 감쌌다.

천마강신으로 무적체라 불리는 육신을 완성했건만, 그마저도 흔들어대는 위력이 숨겨져 있었다. 짙은 긴장감이 전신을 둘렀다.

제튼이 눈을 빛냈다.

목적지가 지척이건만 여기서 뒷걸음질을 칠 수는 없는 까닭이었다.

검결지를 잠시 풀었다.

'여기는 검보다 장으로!'

그러며 손바닥을 활짝 피며 전방으로 뻗어냈다. 한 번, 두 번, 열 번, 백번, 그리고 일천!

"천마천수천사장(天魔千手千死張)!"

일순간 만들어진 천개의 손바닥이 단 하나의 공간을 휘감았다.

쫘르르릉!

동시에 전방의 흡입력이 거둬지며 사방으로 거센 폭풍우가 터져나갔다.

어둠의 공간 밖, 푸른 대지와 뜨거운 태양빛에 휩싸인 산자락 위, 뒤늦게 도착한 라바운트가 어둠을 꿰뚫으며 전투를 지켜봤다.

"역시…라고 해야 하려나."

데카르단의 능력에 절로 탄성이 나왔다.

"본체로의 현신도 없이 저 정도라니."

이미 저 자체로 고룡급의 능력을 온전히 드러내고 있었다. 데카르단의 모습은 여러 가지로 놀라웠다.

"본신의 능력을 저 상태에서 전부 끌어내는 게 가능할

295

줄이야."

일족의 로드이기에 알 수 있는 부분이었다.

때문에 그야말로 감탄을 넘어 충격적인 장면이었다. 동시에 안타까운 기색이 얼굴 가득 깃들었다.

"그렇게까지 제 모습이 싫었던가…."

데카르단이 본체로 돌아가지 않는 이유를 아는 까닭이었다.

마룡!

검게 물든 자신의 외형을 눈으로 확인하고 싶지 않은 것이다. 이는 데카르단뿐만 아니라, 다른 틈새의 일족들에게도 통용되는 이야기로써, 그들 대부분이 본체로 돌아가는 걸 꺼려하고는 했다.

때문에 저 상태에서 온전히 제 실력을 발휘하는 방법을 찾아낸 모양이었다.

문득, 그가 내린 형벌이 가혹하다는 생각이 들었다.

〈평생 인간의 굴레에 얽매여 살아야 할 것이다!〉

틈새의 일족들은 결코 인간 외의 모습으로 변할 수 없게 만든 것이다. 저들이 인간 사회에 끼친 죄악을 고스란히 덧씌운 형벌이었다.

아마도 저 모습으로 수천년을 지내왔을 생각을 하자, 잠시간 가슴이 묵직해지는 기분이 들었으나, 이내 고개를 흔들며 감정을 정리했다.

'응당한 벌이다!'

일족의 로드로써 또한 중재자로써 어긋나지 않았다고 여겼다. 그럼에도 불구하고 이리 감정적인 흔들림을 느끼는 이유는 무엇일까?

'늙은 게지.'

입가에 씁쓸한 미소가 걸렸다. 그 말처럼 벨로아에게 로드의 권능을 전이하면서, 슬슬 은퇴, 즉 마지막을 준비하는 와중이었다.

위대한 존재라 불리는 그들이었으나, 그들도 하나의 생명체였다. 때문에 최후가 다가오자 감정적인 부분들이 들썩이는 걸지도 몰랐다.

꽈르르릉!

문득, 어둠에서부터 밀려든 격한 폭풍우에 상념을 거둬들였다. 그러며 폭풍우 속의 기운을 읽어냈다.

"용의 진노로군."

헌데, 그가 아는 것보다 약하다는 느낌을 받았다. 주변의 기운을 빨아들이며 덩치를 불리는 마법으로써, 시간이 흐를수록 몰아치는 폭풍의 위력이 강해지는 게 바로 용의 진노였다. 단번에 상황이 이해됐다.

"초기에 진압인가."

그러며 안력을 높여 다시금 제튼과 데카르단의 전투에 집중하니, 흥미로운 상황이 펼쳐져 있었다.

제튼과 데카르단의 전투방식을 굳이 비교하자면, 그들은 기사와 마법사였다.

당연하게도 한 쪽은 접근을 원하고, 다른 한쪽은 원거리를 지향할 수밖에 없었다. 그리고 지금까지는 데카르단의 거리였다면, 현재 눈앞에 펼쳐진 광경은 제튼의 영역이었다.

어느새 데카르단의 코앞까지 이른 제튼이 손을 뻗는 게 보였다.

◆

갑작스레 피어오른 어둠은 이내 새하얀 불길을 집어삼키더니 순식간에 주변 일대를 장악했다.

그리고 이 모습은 수호자들의 감각을 격하게 자극하고 있었다.

"마족!"

어둠에 담긴 기운을 통해, 단번에 상대의 정체를 깨달은 까닭이었다.

"어떻게?"

동시에 의문도 들었다. 겨우 열매 하나였다. 헌데 거기서 마족이 튀어나온 것이다.

이곳이 틈새라서?

그렇다고 해도 마족까지는 너무 과했다.

'마수 정도라면 모를까.'

어찌어찌 마족이 나온다고 해도, 겨우 하급 마족까지나 생각할 수 있건만, 저기 저 어둠은 도저히 낮은 계급의 마족이라는 생각이 들지 않았다.

'최소한 중급이상!'

당혹스럽기는 했으나 긴장하지는 않았다.

"재수도 없군."

누군가의 이야기처럼 나타난 마족은 정녕 운이 나빴다. 하필이면 틈새의 수호자가 전부 모여 있는 장소로 올라오다니, 제대로 상황파악을 하기도 전에 끝장이 날 터였다.

간혹, 틈새의 경계 끝자락으로 침입하는 마족이나 마수들이 오히려 운이 좋은 편이라는 생각이 들었다.

"후우우우우웁…."

전방으로 수호자 한명이 걸어가더니, 길게 호흡을 들이키는 게 보였다.

콰우우웅!

그들 일족의 전유물이라고도 불리는 브레스가 순식간에 어둠을 향해 쏘아졌다.

그리고,

푸스스스스스…

거짓말처럼 브레스가 소멸 되었다.

"헛!"

앞서있던 수호자의 동공이 크게 흔들렸고, 이를 구경하던 다른 수호자들 역시 놀란 얼굴로 전방을 바라봤다.

여전한 모습으로 일렁이는 어둠이 눈에 들어왔다.

'중급이 아니다!'

수호자들의 머릿속에 공통적으로 든 생각이었다.

'최소한 상급!'

그들이 대사제라 불리는 데카르단처럼 현 상태에서 본체의 능력을 사용할 수 없다고는 하나, 그래도 브레스를 이리 쉽게 소멸시킨다는 건 중급마족에게는 불가능한 일이었다.

'어떻게?'

다시금 드는 의문이었다.

겨우 열매 하나만 가지고 저 정도의 마족이 튀어나올 수 있단 말인가.

당혹감에 잠시간 말문이 멎어버린 사이, 어둠이 가라앉기 시작했다. 그리고 이내 하나의 인영이 드러났다.

한 눈에 봐도 단단해 보이는 체형의 사내였는데, 그 덩치가 2미르(m)쯤 되었을까? 다양한 종족들이 공존하는 마계의 분위기로 보자면, 그리 큰 체구는 아니었다.

하지만 어째서인지, 수호자들은 그의 덩치가 유난히 크

게 느껴졌다.

고룡에 발을 디딘 카마지엘은 어렴풋이 그 이유를 짐작할 수 있었다.

'강하다!'

그들은 현재 저 의문의 마족에게 압도당한 상태였다. 때문에 겨우 2미르 체구의 마족을 보며 거대하다는 느낌을 받는 것이었다.

'발록?'

저 마계에서도 손꼽힌다는 종족이 떠올랐다. 하지만 이내 고개를 흔들며 부정했다. 그들은 기본적으로 그 체구가 3미르는 넘어가기 때문이었다.

사내의 덩치가 작지는 않은 편이었으나 발록에 비할 바는 아니었다. 머릿속으로 다양한 마족들의 정보가 지나갔으나, 마땅히 사내와 어울리는 종족이 떠오르지는 않았다.

그렇게 의문과 호기심 그리고 차오르는 긴장감으로 기묘한 분위기가 조성되어갈 즈음, 사내가 대뜸 말문을 건네왔다.

"드래곤이냐?"

이에 수호자들은 굳이 답하지 않았다. 오히려 기운을 끌어올리며 전장의 공기를 풍겨낼 뿐이었다.

그 안에 담긴 기운을 읽은 듯, 사내가 눈살을 찌푸렸다.

"드래곤 맞나보네."

그러면서 슬쩍 수호자들의 숫자를 센다.

"열 둘이라…."

뒷머리를 긁적거린 그가 슬쩍 주변을 돌아봤다. 틈새의 독특한 분위기가 시야 가득 잡혔다. 그리고는 이내 고개를 끄덕이며 시선을 한곳에 고정시켰다.

"저쪽인가."

그 순간 수호자들이 움직였다. 그가 바라보는 방향이 중간계로 향해있던 까닭이었다.

사내의 표정이 와락 구겨졌다.

"나오자마자 몰매라니. 썩을!"

짤막한 욕짓거리와 함께 사내도 기운을 끌어올렸고, 가라앉았던 어둠이 다시금 일어나며 흉폭한 기세를 드러냈다.

꽈르르르르릉…

이내 1대 12의 대결이 시작되었다.

◈

의외라고 해야 할까?

'아니지… 당연한 건가.'

제튼은 거리를 잡은 뒤, 데카르단이 즉각 몸을 빼낼 거라고 생각했었다. 하지만 의외로 그는 접근전을 흔쾌히 허용했다.

블링크를 사용해 피하려 한다면, 그의 천마재림에 의해 술식이 흔들리고, 그 틈을 적절히 파고들 생각이었다.

헌데, 상대는 후퇴가 아닌 전진을 선택하며, 대뜸 거리를 더욱 좁혀드는 게 아닌가.

아마도 공간계열 마법에 이상이 발생했다는 걸 감지한 모양이었다.

'그건 그렇다 치고.'

제튼은 다른 이유로 지금 놀라고 있는 중이었다.

파파파파파팡!

그의 검격을 너무도 유연하게 받아내는 데카르단의 몸놀림을 보라. 마법사가 아닌 기사 혹은 투사라고 해도 믿을 것 같았다.

놀랐던 마음을 그나마 가라앉힌 건, 상대가 '드래곤'이라는 걸 상기한 덕분이었다. 그들의 '유희'를 아는 탓에 대략적인 짐작이 가능했다.

이런 제튼의 놀람과 마찬가지로 데카르단 역시 적잖게 경악하고 있었다.

'실수했군!'

근접전은 한 때 그의 장기이기도 했기에, 흔쾌히 공간을 허락한 것이었으나, 이내 상대의 능력이 한참이나 앞에 있다는 걸 깨달아야만 했다.

그 역시 육체적인 전투술을 경지너머의 수준까지 맛본 경험이 있었다. 하지만 상대는 그 너머의 세계에서도 한참이나 위에 올라있는 존재였다.

때문에 순수한 체술로는 안 된다는 걸 슬슬 느끼는 중이었다.

화아아악!

생각과 동시에 마력이 움직였다.

'웃!'

순간, 제튼은 디디고 있던 대지가 불쑥 꺼지는 걸 느끼며 미세하게 신형이 비틀렸다. 작은 틈이었으나 틈은 틈이었고, 당연히 이를 통해서 데카르단은 거리를 벌리려 했다.

'어딜!'

하지만 제튼은 순순히 놔줄 생각이 없었다. 검결지를 쥔 손을 쭈욱 뻗자, 흔들리던 신형이 그 손의 의지를 따라 나아갔다.

신검합일을 이용한 육체의 통제였다.

"크웃!"

뒤로 빠져야겠다는 생각에서 온 심적인 빈틈이었을까? 결국 손해를 본 건 데카르단이었다.

왼 팔뚝을 타고 흐르는 핏물이 조금 전 일격의 결과를

알려주고 있었다. 태연히 지혈할 틈 따위는 없었다. 이미 자세를 바로세운 제튼이 연격를 퍼부으며 파고들고 있었다.

그 순간 데카르단이 비장의 수를 꺼내들었다.

[속박!]

동시에 제튼은 전신을 옭아매는 대기의 흐름을 느꼈다.

'용언마법!'

이미 벨로아를 통해 여러 차례 경험한 적이 있는 마법이었다.

"타핫!"

짧은 기합성과 함께 대기의 구속구가 깨져나갔다. 하지만 그 찰나간의 시간에 이미 데카르단은 뒤로 몸을 뺀 상태였다.

'쯧!'

벨로아 덕분에 용언마법에는 나름대로 익숙하다고 할 수 있었는데, 안타깝게도 그 힘의 차이가 너무 컸다.

만약 상대가 벨로아였다면, 순식간에 풀어낸 뒤 다시금 거리를 좁혔을 터였다.

아쉬운 마음에 입맛만 다실뿐이었다.

이런 제튼의 모습을 멀찍이서 바라보는 데카르단의 이마위로 굵은 땀방울이 흘러내렸다.

'용언마저도 저리 쉽게 풀어내다니.'

일반적인 마법보다도 상위에 있는 게 바로 용언마법이
다 보니, 적잖게 놀랄 수밖에 없었다.

둘 다 앞전의 격전에서 제법 기운을 소모한 듯, 잠시간
호흡을 고르는 모습을 보여주고 있었다. 그렇게 얼마나 지
났을까. 둘 다 준비가 끝났다고 여겨질 무렵, 제튼이 검결
지를 전방으로 쭈욱 뻗었다.

그 순간 검결지 끝에서 피어난 빛무리가 화살마냥 쏘아
져나갔다.

"앱솔루트 실드!"

짧은 외침과 함께 데카르단 주변으로 반투명의 막이 생
성됐고, 그 위로 빛줄기가 떨어져 내렸다.

콰아앙!

그리고 그걸 시작으로 제튼의 연격이 퍼부어졌다.

때로는 검결지를 또는 주먹을 가끔은 손 장심을 전방으
로 뻗어내고, 그럴 때마다 다양한 형태의 오러들이 거리를
격하며 날아갔다.

게다가 간혹 그 오러 사이로 기척을 숨긴 채 파고드는
기묘한 타격도 있었는데, 그것만큼은 데카르단도 깜짝깜
짝 놀랄 정도의 은밀하여, 절로 긴강감이 고조되는 자극제
가 되어주었다.

콰콰콰콰콰콰…

채 마법을 제대로 발현할 틈이 없다고 해야 할까? 마법

사의 장점이라는 원거리가 무용지물이 되어버린 상황 속에서, 당장 데카르단이 할 수 있는 건 그저 막고 피하는 것뿐이었다.

초반 전투의 상황이 고스란히 역전되어 펼쳐지는 것 같았다.

'허투루 된 공격이 없군!'

워낙 많은 수의 연격이 퍼부어지다 보니, 실드만으로 온전히 막아내는 건 무리가 있었다. 게다가 꾸준히 접근해오는 제튼을 상대로 거리를 유지해야 하는 탓에, 반격의 틈을 잡기가 쉽지 않았다.

'어차피 이 정도의 공격이라면 곧 끝나겠군.'

드래곤 하트로 인해 무한에 가까운 힘을 지닌 그들 일족과 달리, 인간들이 수용할 수 있는 기운의 한계치 정도는 잘 알고 있었다.

이렇게 조금만 버티다보면 제풀에 지쳐버릴 것이라고 여겼다. 하지만 이내 한 줄기 의문이 뒤따랐다.

그렇게 쉬울까?

비록 상대를 적대하고 있다지만 그 능력에 대해서는 이미 감탄에 감탄을 거듭하지 않았던가.

하지만 이내 고개를 흔들며 부정한 생각들을 밀어냈다. 우선은 지켜보기로 한 것이다.

콰콰콰콰…

한동안 그렇게 지루한 공방이 이어졌다.

'맙소사!'

그리고 깨달을 수 있었다.

'일족과 동급이라는 건가. 으음….'

저 멀리 공격을 퍼붓는 제튼의 얼굴을 보고 깨달았다.
전투 시작과 전혀 달라지지 않은 얼굴 기색과 기세가 눈에
담겼다. 마치, 여력이 넘쳐흐른다고 외치는 것 같은 모습
이었다.

'으득!'

이를 악 물었다. 여기서 할 수 있는 선택지는 결국 하나
뿐인 까닭이었다.

용언마법!

거기까지 생각이 이어지자 자연 의문이 일어났다.

'설마?'

왠지 제튼의 의도를 알 것 같았다. 하지만 그러기 위해
서는 한 가지 조건이 필요했다.

'일족과 전투를 치러 봤어야 하는데….'

그것도 한, 두 차례가 아닌, 상당한 경험이 필요했다. 문
득, 이곳으로 오기 전 마주했던 라바운트가 생각났다.

의심이 빛을 발하는 듯, 자연스레 그의 눈이 얇아졌다.

어둠의 공간 밖에서 전장의 풍경을 지켜보던 라바운트

의 눈에 불이 들어왔다.

'그렇군. 용언을 노리는 건가.'

데카르단과 마찬가지로 그 역시 제튼의 의도를 눈치 챘다.

기본적으로 용언은 드래곤의 전유물이라 할 수 있는 마법이었다. 말인 즉, '드래곤'이 쓰는 마법이라는 것이다.

하지만 현재 데카르단의 경우는 '인간'의 굴레를 쓰고 있었다. 그 차이에서 오는 괴리가 차곡차곡 쌓일 수밖에 없었다.

용언의 횟수가 늘어날수록 데카르단이 받는 부담이 커질 것이고, 거기에 더해 마법의 중첩 혹은 연계가 이어진다면, 더욱더 빠르게 지쳐버릴 터였다.

'벨로아인가.'

그를 통해서 이와 관련된 정보를 얻었을 거라 여겨졌다.

'어떻게 되려나.'

인간의 굴레를 쓰고 드래곤 본연의 능력을 끌어내는 데카르단이었다.

'용언마법은 어떨지….'

과연, 제튼의 의도대로 될지 그 역시도 궁금해졌다.

◈

도저히 믿기 어려운 광경이었다.

'우리가 밀린다고?'

카마지엘은 그를 포함한 열두 수호자들이 단 한명의 마족에게 밀리는 상황에 넋이 날아갈 것 같았다.

'대체… 저자가 누구이기에.'

이제는 사내가 일반적인 마족이라고 여겨지질 않았다.

'권위가 있는 마족인가.'

중급에서 상급을 훌쩍 넘어 그 이상을 떠올리게 됐다.

콰아아앙!

사나운 폭음이 터지는가 싶더니 이내 수호자들이 튕겨 나오 는 게 보였다. 엉망이 되어버린 그들의 모습에 카마지엘의 얼굴이 일그러졌다.

'본체로 돌아가는 수밖에 없나.'

이 상태로는 도저히 답이 안 나왔다. 검은빛으로 물든 자신의 모습을 떠올리자, 잠시 주저함이 일었으나 각오를 다지며 자리에서 일어났다.

앞서 당했던 상처로 인해 온몸이 욱신거렸으나 더 이상 문제 될 건 없었다. 본체로 돌아간다면 자연스레 사라질 상처들이었다.

'그 전에….'

확실히 해 두고 싶은 게 하나 있었다.

"너… 정체가 뭐냐?"

하급이니 중급이니 하며 쓸데없는 추측으로 미뤄뒀던

질문이 뒤늦게 튀어나온 것이다.

한 차례 수호자들을 튕겨낸 뒤, 호흡을 고르고 있던 사내가 어깨를 으쓱거렸다.

"순서가 엉망인데. 이제 와서 통성명이라니."

"비록 마계의 일원이라고 하나, 그 실력에 경의를 표하기에 알고자 하는 것이다."

나름 정중한 예의를 갖춘 카마지엘의 물음에 잠시 시선을 마주하던 사내가 실소하며 입을 열었다.

"천마(天魔)!"

순간 수호자들의 고개가 모로 꺾였다. 생소한 형식의 이름이었기 때문이었다.

사내, 천마가 이를 드러내며 물었다.

"슬슬 몸도 달아올랐는데, 본격적으로 해보자고."

콰아아아아아…

한층 거센 어둠이 틈새를 뒤덮기 시작했다.

〈9권에서 계속〉

#6. 외전 - 천마(天魔)!

#6. 외전 - 천마(天魔)!

아득한 공허의 영역을 건너, 정의할 수 없는 미지의 경계를 넘어섰다.

그리고 이내 '놈'과 마주할 수 있었다.

[누구냐?]

이미 한 번 겪어 본 상황인데다가, 전과 달리 지금은 상당부분 기운이 넘쳤다.

때문에 이전과 같은 자비는 없었다.

놈을, 육신의 원 주인을 소멸시킨 뒤, 빠르게 새 육체에 적응해갔다. 이 역시 한 차례 경험한 적이 있었기에, 별다른 문제가 없었다.

오히려 문젯거리는 다른 방향에서 발생했다.

"뭐…야, 이건?"

절로 눈살이 찌푸려졌다. 놈의 기억을 통해 이곳이 목표로 하던 그의 고향세상, '무림'이 아니라는 걸 깨달았다.

절로 머리가 지끈거렸다. 새 육신을 입으며 오는 반발작용과 더불어 뜻밖의 상황으로 인한 충격이 겹친 것이다.

잠시 호흡을 고르며 두통을 몰아내고 난 뒤, 다시금 놈의 기억을 읽어나갔다.

그리고 이내 뜻밖의 정보들을 얻어낼 수 있었다.

'마수? 마족?'

익숙한 단어들의 나열이 이어지고, 머지않아 하나의 결론이 나왔다.

"마계?"

앞전에 있던 세상에서 간혹 언급되던 세상에 발을 딛게 된 것이다.

'뭐가 잘못된 거지?'

영혼의 끌림을 따라 제대로 차원의 벽을 통과했다고 여겼건만, 설마하니 그게 착각이었던 걸까?

"쯧!"

짧게 혀를 찬 그가 주변을 둘러봤다. 얼핏 풍경 자체는 그가 살던 고향세상이나 이전에 지내던 세상과 다를 게 없어보였다.

'뭐… 조금 차이는 있나.'

황혼 빛에 물든 하늘이라던가, 어둠을 품은 대지의 분위기가 시각적인 면에서 좀 더 자극적이기는 했다.

"스으으읍!"

잠시 주변을 살피던 그가 한 차례 길게 숨을 들이켰다. 그리고는 슬쩍 입 꼬리를 말아 올렸다.

"공기는 나쁘지 않군."

마기가 넘실대는 대기의 흐름에 절로 미소가 그려졌다.

"마공 익히기에는 딱이네."

게다가 이 육신 자체에 이미 상당량의 마기가 담겨있던 탓에, 생각보다 수월한 육체개조가 될 거라 여겨졌다.

'그놈 육신에 비한다면야.'

이전 세상에서 그가 살았던 육신이 생각나더니, 동시에 그 몸의 원 주인 역시도 떠올랐다.

'제튼….'

미운 정도 정이라고 했던가. 무려 20년의 세월을 티격태격하며 함께 지냈던 까닭일까? 왠지 그의 존재가 그립다는 느낌이 들었다.

잠시 실소하던 그가 다시 원래의 생각으로 돌아갔다.

'그놈 육체도 개조했을 정도니까.'

지금의 강건한 육신이라면 충분히 개조시간이 단축될 터였다.

문득, 한 가지 흥미로운 생각이 머리를 스쳐갔다.

'그러고 보니…'

현재 그가 서 있는 장소를 상기한 것이다.

"마계란 말이지."

두 눈 가득 불이 들어왔다.

"나쁘지 않겠는데."

그는 이전 세상에서도 고향 세상에서도 마(魔)의 하늘(天)이었던 존재였다. 당연하게도 이곳, 어둠이 통치하는 세계에 흥미가 일어날 수밖에 없었다.

"이곳을 지배한다라……."

천마(天魔)!

한동안 잊고 있던 그의 본명에 너무도 잘 어울린다는 생각이 들었다.

"재밌겠네."

얼굴 가득 그려진 미소는 진정 즐거움이 가득 차 있었다.